约会后的一声叹息

王晓君 | 作品

A sigh after the date

★

中国出版集团公司
华文出版社

图书在版编目（CIP）数据

约会后的一声叹息 / 王晓君著. -- 北京：华文出版社，2017.12

ISBN 978-7-5075-4820-4

Ⅰ.①约… Ⅱ.①王… Ⅲ.①散文集-中国-当代 Ⅳ.①I267

中国版本图书馆CIP数据核字(2017)第315393号

约会后的一声叹息

作　　者：	王晓君
责任编辑：	刘新颖
封面设计：	刘运来
出版发行：	华文出版社
社　　址：	北京市西城区广外大街305号8区2号楼
邮政编码：	100055
网　　址：	http://www.hwcbs.com.cn
电子信箱：	sinoculturepress@yahoo.com
电　　话：	总 编 室 010-58336239　发 行 部 010-58336270
	责任编辑 010-58336216
经　　销：	新华书店
印　　刷：	三河宏盛印务有限公司
开　　本：	787×1092　1/32
印　　张：	10.25
字　　数：	174千字
版　　次：	2018年3月第1版
印　　次：	2018年3月第1次印刷
标准书号：	ISBN 978-7-5075-4820-4
定　　价：	36.00元

版权所有 侵权必究

Catalog 目录

序 行走在现代与传统之间 002
001

第一辑 独自一人的夜晚 006

母亲的时光 002
孝　心 007
结局和开始 017
独自一人的夜晚 022
大　楼 025
有病的时候 036
朋　友 040
养　花 052
有感于情人节 057
希望使生命分外美丽 061

＊

第二辑 别人的丈夫与你无关 067

婚姻中的一个早晨 068
七千块 081
别人的丈夫与你无关 096
不可一试 117
折腾 127
你喜欢优雅吗 147
都是你逼的 168

约会后的一声叹息　192
生日前后　197
好好说话　205
断　歌　208
走过"世界杯"　211
一张纸的分量　215
搬　家　218
总有一些神经还异常活跃　222
猫事儿　225
一个人的节日　238
你在他乡还好吗　241

第三辑　约会后的一声叹息
191

第四辑　起风了
249

春天的纪念　250
致友人　256
起风了　265
梦开始的地方　272
和你在一起　286

留一半清醒留一半醉　306

后记
305

时光如一把利刃做成的梳子,一路梳来,人生会落下一路无序的断发,但有些柔韧的发丝总会避开锋利的梳齿,飘摇在离你心脏最近的背后,任刀风剑雨,永不断裂。

 preface 序

在生存理性的认知上,总是向前看;
在情感生活的倾向上,却总是向后望。

行走在现代与传统之间

*

今天给王晓君的散文集作序,尽管知道是件出力不讨好的活,但又不能不做。因为这活,是在 N 年前就安排下来的,就如写文章的人,在文章的开头为文章后面要出现的场景埋下伏笔。

认识王晓君的那一年,我在一个出版社做总编辑,她在一家报社做编辑,主持一档又一档的关于文学图书出版的话题。正巧,我们社里要开一个关于文学图书出版方面的小型座谈会,于是就请几位媒体的星们腕儿们过来。几位哥们儿如常赶到,王晓君迟来一步。晚饭时间已过,我有些着急,就到饭店门口去接她并以此表示望穿双眼的诚意。

一辆黑车开过来,我的坐骑,黑色帕萨特。我称它为黑车。

一位奇高的美女从低矮的黑车门里钻出来。

我瞬间从黑车后备厢里掏出美女的行李箱,动作娴熟地抽出拉杆拉上，尔后仰头向美女："你咋这么高啊！"

"给你压力了吧！"

我的话音未落，美女的话就像冰雹一样向我头顶砸下来。

尔后，我的司机前面带路，美女高进酒店，我像一位老仆一样在后面拉着美女的行李。

尔后，王晓君终于弄清楚我不仅仅是一位老仆的过程如常，不必细说。

写文章的开头一句，弄书法的开篇一字，往往会给这文这书定下一个调子。我后来与王晓君的交往亦如这习文弄书，因受这开场的调调的影响再也玩不出"正经"的花样。比如她总给我带来一些莫名其妙的压力；比如总觉得她要高出我一头；比如大家习惯于自然而然，再也没有了老总与编辑之间的距离。

也许，正是有了这样一个前提，王晓君才二话不说让我为她的集子作序。她知道，我在这序里，不会安分守己说话；我也清楚，让我作序，她肯定有爱咋咋地，说啥都中的默许。

既然这样了，我就来乱弹一通王晓君的散文，也免不了会捎带说几句她的闲话。

六年前，我读到过晓君的一些散文，并在一些篇什后写了一些读后感。那时，读到的东西较少，觉得她写得很机智。后来，读到她的文多起来，就觉得她的文章很是老实。于是觉得有点矛盾。后来发现早时关注的是她的文风，现在关注的是她文章的内容。把二者结合起来看，我更加相信文如其人的古训。晓君的文，自由自在，自然而然。在行文方式和表现技巧上不拘一格。特别是行文的开头，也就是话语的入口从不讲究个地势地貌的，比如古代的文法中讲的开头应如高山堕石呀，文似看山不喜平呀等等。她才不管这么多的。天亮就起步，天黑即住店，自由自在，倒也合了散文要"散"的体性。在我的认知里，散文本就是一种自然而然的话语，其法度就是随时随地破除一成不变的成法。这样，在形式或技巧上的某一点上过度用力，都会使文章显得不自在。王晓君学习过"表演"，应该知道"松驰"是演艺的最高境界。她把演艺用于她的行文，这小聪明要得有点意思。说到这里，突然想起我国古代一个骑牛西出函谷的老头儿，曾说过"道法自然"的话，原来是早在三千年前就知后世有个王晓君，会写出一些有点自然品质的文，先丢下个话儿罩住她，免得她自以为了不起。这老头儿狠呀！还记得宋代的严羽，在其《沧浪诗话》中所说的经常被后人引用的几句话（严羽差不多是因这几句话而得名）："诗者，吟咏情性也。盛唐诸人惟在兴趣，羚羊挂角，无迹可求。"这里所说的"羚羊挂角"是说羚羊夜里睡觉时，用头上的角把自己挂在树上，头不接天，足不着地的睡起。我先前认为晓君的文写得机灵，大体说是应了严羽老头描述的这种作诗形态。此后越来越多地关注她文的内容时,这看法就截然不同了。

和她文章的形相比,她文的内容可要老实得多了,似乎有点老实巴交的样子。

晓君的散文写到人的地方居多,写到她自己的地方居多,如写到一星半点的动物的话,那也是与她同类的动物,但无论是写到他人或是写到她自己,抑或是写到一两只小动物,那时、那地、那事往往是有据可查的事,真真存在的人,曾经的时和不可更移的地。这太危险了,很容易让人按文索骥画出她的为人处世的地图。也许,正是因了这个原因,在我较多地阅读了晓君的散文后,才积淀出她的散文比较老实的印象。

其实,人往往会被眼前的假像所迷惑,特别是当你关闭思考的心眼之后。但是,生活中的你如果为自己留个小小的心眼,你就会发现诸多非常好玩的东西,也会看穿诸多有意无意调戏人的把戏。比如王晓君,在她的散文写作中,总是表现出一种自由自在,有"写"无类的样子。在我较多地阅读了她的散文之后,就很自觉地给自己提了个醒,千万别上她的当。不信你访访她的文看。王晓君在东北的生活时间和在北京的生活时间在其长度上应该差不多,但在其文中咋就鲜有在北京的生活表述呢。即使是有,也差不多是野猫野狗鱼啊草啊的,虽有其事,其人鲜见。即使有些人影儿的文,那人在其文中也面色苍白,少气无力。还有,在她描述其东北的人和事时,亦多是生活在社会较低层面的草根朋友,咋就鲜有或龙或凤的重金属呢?更为可恶的是,她笔下的那些生活在地面上的东北人,个个鲜活得不可思议。比如,因一栋所谓的"大楼"而交恶尔后又友好的村里的孩子,你似乎可以从其文中听到这些野在旷野的孩子奔突于草间田埂踢踏的足音,杂乱而又生机盎然。他们的交恶与友善都带有春深野草的青涩气味。成长着的童年犹如一道美丽的风景,流动在她的字里行间。在另一文中,那位生活在民间而向往着如梦如幻美丽舞台的钱彪子,最终还是没能走出枯于民间败于世俗的宿命。在王晓君的笔下,不仅仅是对这位青年时期女友的深深同情,更是对生活在底层佃民总是轮回在无奈人生谷底、抗拒着命运的捉弄又自我捉弄自己的命运,对那种无奈无助、无可抓搔的凄苦生存现实发自心底的痛楚。时光如一把利刃做成的梳子,一路梳来,人生会落下一路无序的断发,但有些柔韧的发丝总会避开锋利的梳齿,飘摇在离你心脏最近的背后,任刀风剑雨,永不断裂。这正如晓君在她的短文《拔牙》中所说的那样,"牙齿只是身体的一部分,总有一些神经还异常活跃地活着。"对已走出故乡、走出童年、走出青年的今日的王晓君来说,平实如黑土的故乡与凡俗似草木的亲朋也许就是那缕飘在她背后的发丝，含在她口中的松动的牙齿。剪不断，理还乱的，是她对故乡温情的依恋，是她对草根苦楚的念记。其实，这本是中国当代知识分子应有的人文情怀。可惜，这种情况在当下文坛却是一种稀缺金属。而在王晓君笔下，这种人文情怀恰是长出文字的根性元素。从我的感觉出发，王晓君的这种人文情怀，一是来自于她冰河雪原芳草密林东北故乡纯朴乡风的感性养育，一是来自她后天修养形成的理性自觉。当她回望她记忆中故乡的人与事时，她感性世界的自然纯朴就见情见性地跑到她的笔下；而当她面对当下城市文化中的人与事时，她的理性自觉就张开机敏的眼睛。但无论是乡村的感性也好，城市的理性也罢，她关注弱小佃民苦乐人生的情怀都是一致的，她那有着故乡温热的乡间感性总不由自主浸染她的理性空间，为冰冷的理性披上一层温润的色彩。正因为如此，她才在《断歌》中这样描述在北京地铁车站唱歌的流浪歌手：

> 那天晚上，我从"王府井"书店走出来，沿着洒满五颜六色的灯光的街道，走进了离我最近的地铁口。
> 一首"大约在冬季"就是在我顺着楼梯一路走下去的过程中突然降临到我身边的。曲调忧伤，浑然不觉中，就陷入了一个音乐空间，充当一个听众的角色。

通道有限的空间全被歌声占据了。行人的脚步不再清晰得让人心烦，陌生的面孔突然间有了一种似曾相识的味道。

全然没有想到在这异地他乡的地铁站，也会遇到拨动你心灵琴弦的人。在他的弹唱中，你嗅到了一种久违了的故乡尘土的芳香，听到了一段似曾相识的故事，记忆中的往事幻化成一缕缕轻飘飘的烟……自然而然地，你便会向着这歌声靠近。

他没有拿麦克风，弹的也是一把普通得不能再普通的六弦琴，通道中间他倚靠墙壁，自弹自唱。你走到他的面前，注视着他。

他的脸上飘扬着在现代都市里很难找到的那种自由自在，眼神中流露出一种随心所欲的忧伤，长长的头发无风自动，让你突然之间产生一个不切实际的念头：站到他的身后，跟他浪迹天涯。

抄了不少字，一是凑够了我想写的字数，二是觉得那流浪的歌手似乎有点像王晓君。想就此打住，又觉得不多说两句王晓君这个人的闲话有点不够朋友，也为这篇所谓的序言做个总结：在我看来，王晓君的人与文没能像当下许多弄文字的人那么分裂，真是一件值得行赏的事。她的文就如她这人，形式很自由，内容则较拘谨；她这人亦如她的文，意识较现代，行事则较传统；她的文她的人都有一个共同的特点：在生存理性的认知上，总是向前看；在情感生活的倾向上，却总是向后望；在社会意识上价值认同上，总是很现代；在审美趣味的情感色彩上，又在时尚与怀旧的向度上错置互陈。在她的身上和她的文中，有诸多对抗却又互为的元素。简单点说：她，就是她的矛盾。但，统一，不分裂。这样很好。

单占生

常常地，得到一些什么，以为会是永远，常常地，又失去了，永远地失去了。

第一辑
独自一人的夜晚

小的时候，得了病是一件很幸福的事。只是那时候并不觉得。许多事情都是等到失去了之后才感到它的珍贵。

母亲的时光

*

自从你知道你有一个会写文章的女儿之后,一直希望我能写一写你,你耐心地等待着,头发白了一片又一片,终于有一天,你忍不住了,仰头望着爸爸的遗像,自言自语地说:"非得等到我像你爸爸那样闭上眼睛之后你才肯写吗,那时,我什么也看不到了。"

母亲从一生下来我之后就老了。三十八岁的她在生完我那一年之后的许多年里,经常被不相识的人误会成我的姥姥或奶奶。

在我的印象中,母亲的身体一直很弱,隔三岔五就要吃一些治肾治风湿的药,这和父亲有关。年轻时,父亲在外地工作,经常不在家,而且一走就是个月二十天的,撇下母亲一个人,上有年迈的爷爷奶奶,下有不懂事的孩子,天天都有干不完的活。就连盖房子那么大的一项工程,也都是母亲一个人张罗着完成的。"年轻的时候总有使不完的劲儿，不像现在，上趟街回来之后，几天都反不过乏来。"母亲说。

在我的脑海中，母亲是个不幸的女人。九岁的时候，姥爷就去世了，两年之后，十一岁的母亲被日本人抓去做了童工。某一天，这个十一岁的童工在休息的时候，爬到堆得像山一样高的麻堆上睡着了，当她完全清醒过来的时候，她的脖子上、脚上、身上缠满了麻，她被日本人推推搡搡地逼着，到街上游行，罪名是"偷麻犯"。

三年之后，姥姥撇下六个孩子中的五个大的带着一个最小的改了嫁，远走他乡。是母亲的爷爷一边看守着果园一边既当爹又当妈地把母亲和比她还要小的两个妹妹抚养成人。

母亲经常地念起和她的爷爷有关的往事，"我们住在果树林里，四周没有人烟，夜里经常有狼出没，现在回想起来还觉得头皮发怵，幸亏有爷爷，听到狼的叫声他就大声地嚷嚷。现在想起来，就是昨天的事。其实他也怕，他紧紧地搂着我们，挤得大大小小一个个喘不过气儿来。"母亲回忆的时候感慨。

那个年代对于我来说太陌生了，那个年代里发生的事对于我来说，更像是小说里编的故事。在二十世纪九十年代，传说中的狼只能在公园里才能看到，对于我们这个年代的女孩子来说它还不如一只毛毛虫亦或者是一只过街老鼠吓人。

许多事情都无法想像，但我可以感觉，那是母亲一生中最快乐的时光。

母亲的一生中有许多快乐的时光。二十岁光荣地加入了中国共产党，二十一岁坐上了县妇联主任的宝座，二十二岁和年轻有为的爸爸一见钟情，二十四岁做了一个女婴的母亲，十八年之后这个大女儿考上了大学——

在母亲眼中，大姐是最让她感到骄傲的，也是小时候挨打最多的。"那时候太年轻，气着了累着了就打孩子。不像现在，再怎么生气也不肯骂你们一句。"母亲不止一次地这样说。大姐身上集中了父母的全部的优点，漂亮，聪明，活泼开朗，并且能歌善舞，可就是这样一个姐姐，竟然在大学毕业参加工作的第一年，因为工作中的一点小挫折，一时糊涂，做了让白发人送黑发人的事情。谁都没想到。

那件事给母亲的打击非常巨大，一夜的功夫，她的头发白了一半还多。

那一年，母亲只有四十六岁。

由于家庭的一系列变故，我们家从乡下迁到了市里。离开的那天，天空飘着细细的小雨，很多乡邻都赶来为我们送行，雨水和泪水交织在一起，洒在故乡沁着泥土芬芳的土地上。母亲走一步回一下头，她不忍与她朝夕相处了几十年的乡邻告别，更不忍与那座凝聚了她无数的心血才盖起来住了几十年的老房子告别。那熟悉的山,熟悉的河流,熟悉的面孔,熟悉的声音,还有那在风雨的侵蚀岁月的磨砺中变得陈旧了的老房子,在身边无以计数的年轻的房子中间,它是那么引人注目。

前一段时期,我经常做梦:母亲从这个世界上不见了。醒来时枕巾湿湿的。身边空空的。

事实上,我的恐惧是没有缘由的,母亲的身体从来没有像现在这么健康,连感冒也很少有。"我一个人能照顾好自己。只要你们过得比我好。"母亲的情绪也很少像现在这么稳定,连一滴眼泪也很难在她脸上看到。"都哭了一辈子了,也该歇歇了。"

今天,她又像当年送她的大女儿那样送她的小女儿走出家门,在路上,母亲又开始絮絮叨叨:"你一个人在外面,要好好吃饭,别饥一顿饱一顿的。人生在世,还是要靠自己,自己强比靠什么都强。我老了,能少给你们增加负担我就已经很知足了。"

母亲的头发几乎全白了,在突然来临的秋天的风中,它们显得越发的干枯和没有主张,就像一团枯黄杂乱的野草,在风中唱着岁月如歌——

今年八月十五的晚上,皓月当空,夜凉如水,我筋疲力尽地回到居所,伫立于窗前,往事一一涌上心头。突然想起远在他乡的母亲，很快我就给她拨了电话，在另一端，一个声音问："你，一个人吗？"另一个声音也问："你，也是一个人？"然后是片刻的沉默。然后是一些重复了上百遍却总像第一次说到的话。

目睹着眼前被我弄得乱七八糟的屋子，这个让我无端的产生无尽的烦恼的地方，想到不久的一天，我就要离开它，我曾不止一次地诅咒它不止一次想一走了之。可是真正到了要走的时候，竟然快乐不起来。

再次回到窗前，凝眸注视着窗外的茫茫黑夜，一些久违了的时光一一重现。

孝　心

*

在母亲周围的亲戚邻居中，都知道我是一个非常有孝心的女儿。

许多时候，在不同的背景下，当她们经意或不经意间把我的孝心举得很高的时候，我总是自觉不自觉地报以无言的苦笑。如果那个时候是在家里，母亲也在旁边的话，她就会用手捋一下额头花白散乱遮住了半只眼睛的头发，把脸转向墙上父亲放大了的黑白照片上，叹一口气说："我比你爸爸有福，他走得太早了——"紧接着她又会跟上一句，"如果他在的话，你还会这样么？"

我的脸上一种涩涩的笑在母亲画着反问号的余韵中溶解。

沉默。

记忆中最早把这个信息带给我的,是一个男人。

从一段对话开始的。

中年男人说,来,好孩子,给爸爸挠挠后背,女孩儿嗔怪道,天天晚上挠,左边十下,右边十下,中间十下,还有啊,我不挠。说完,女孩儿把从后面伸到前面环绕着中年男人脖子的手抽出来,轻轻掐了一下中年男人肩头,嘻嘻笑起来,中年男人说,不挠就是不孝心,你不想做一个孝心的女儿。女孩儿认真起来,一本正经,给你挠后背就是有孝心。中年男人说,我的小女儿最有孝心了。来。来。女孩儿把头钻进被子里,撩起爸爸的背心,一边数着数一边用心地挠了起来。

这个男人。如果他还在的话,我应该叫他爸爸。我一直都是这么叫的,直到十六岁。

记忆中最早的孝心的声音是以给爸爸挠痒痒做为标准从爸爸的嘴里送出来的。

时间一下子就被送到了一九八七年。

一九八七年夏天的一个早晨,母亲吩咐我去给父亲送药,说七点钟大夫就要用它。父亲得的是恶性肿瘤,已经到了晚期,住在医院里。我看了一眼墙上的石英钟,六点五十分。我抓过药,奔下楼,骑着自行车,上了路。从我家到医院,全是上坡,正常骑自行车的话,需要二十分钟的路程。这段路,哥哥最高的纪录是五分钟,他比我大七岁。我不止一次地走过这条路，每一次都看到无数的人推着车子爬坡。

在那个夏天的早晨，我用五分钟的时间完成了这段路，那是我第一次骑着自行车蹬上了与我家相连了五年的路。

为了我父亲。

十六岁没受过任何专业体育训练的身体单薄的女孩子。不知道应该自豪还是悲伤的女孩子。

这是我在回忆我对父亲的孝心的一个片断，最重要的是他用上了。

同样还是在那年秋天，仲秋节的晚上，我从家里跑出来，跑一段走一段，走一段再跑一段，沿着洒满月光的大路，边走边想，就是在这条路上。回家的路上。有父亲相伴的路上。曾经是我亲手书写的最不愉快的路上。现在，我想念它——

十二岁那一年，我在商店里看中了一个吉它，我马上把这件事告诉了父亲。他说去看看再说吧。第二天，我和父亲一起去那个商店看那个吉它。父亲在犹豫。没说买也没说不买。但是他要走，不带吉它。一跺脚，去哪儿，当然是回家。怎么走，当然是我骑车载着你，等候。佯装没看见。走一段，又等候，时间比第一次稍长了一点。瞄准一个小石头，一脚踢出去，继续走。再走一段，又等候，时间比第二次又长了一些。这一次没有动作，狠狠地看他一眼，没有丝毫停留的意思。最后一段，等候，快要到家了，上来吧。回头看看，不。

坚决地。

就是这条路。

就是在这条路上,我为了一把吉它,一时的心血来潮,让自己的任性在父亲那里,在他陪我走过的这条路上,发挥到了淋漓尽致。

那一天,我用脚上穿着的,他去上海出差为我买的新皮鞋,主动去找寻,路边的小石头,目的是为了引起他的重视,为了能够报复他对我喜欢的东西表现出来的在我看来不该有的平淡,即使这样,也没能让我有一点自责、羞愧,反而,更加怨恨他了。这里面包括,踢坏的新皮鞋,包括不坐他的车。也包括他推着车,不停地停下来,不停地回头看我。

我竟然就这样把这条路走完了。

我忽略了父亲的年龄,他已经五十多岁了。

他走的是下坡的路。

到了医院父亲病房的门口,我的脸已经湿透了,并且不断地有新鲜的液体从眼角流淌出来,我用一只手翻开另一只衣袖,用最柔软的部分把脸擦干。

以前父亲总是这样为我擦眼泪,他说这样不会弄伤皮肤。

过了一会儿,我推开门,走到父亲床边。父亲没有责怪我,尽管他疲惫的目光中装满了心疼。

我掏出口袋里的包得完完整整的月饼,弯下身体,用两只手捧着,把它送到父亲的嘴边,他嘴唇表层的皮差不多完全脱落了。父亲用舌头在上面试探地舔了一下,又使劲儿地咽了一口唾沫,做出非常想吃的样子把月饼含在嘴里,抿了抿,就像吃糖一样,我期待着他吃完糖的像糖一样的笑容,他努力这么做,向着我希望的地方,我看到了,他缓缓地缓缓地别过脸,轻描淡写地说了句"傻孩子",之后,闭上眼睛,把他的"傻孩子"放到一边。

第二年的秋天。

还是仲秋节。

黄昏。

我买了月饼,酒,还有花生米,巧克力豆,拎着它,上了一座漫山遍野都是坟的山。

十七岁的女孩子费了好大的劲儿在数不清的旧坟新坟中找到了父亲,就在那一瞬间,恐惧像一把无形大伞笼罩在女孩儿的心上,女孩儿什么都顾不上了,她心里只有害怕,风吹过来,草动一下,她都要紧张,匆匆地和父亲共进了晚餐,磕磕绊绊逃也似地下山。

只能去山上找父亲,可是,山上没有父亲。父亲不见了。即使你把生前他最疼爱的面孔送到他面前,这张幼稚美好的脸庞此时布满泪水，风走过这里，见了，都忍不住，要在她脸上，轻轻地抚摸一阵，他怎么能，就这样，静静地伫立着，一言不发，看着这里发生的一切，不发一言。

下了山以后，女孩儿才想起哭。她像一个在路上和母亲走散了的孩子那样六神无主地哭着跑回家。

那一次我晚回家，把母亲吓坏了。哥哥严厉地警告我，如果我对父亲有孝心的话就该好好孝敬母亲，要孝敬母亲就不该让她为我担心。

可是我的心里只有父亲，和那一点点可怜的被我视若珍宝，现在捧出来给你们看的孝心。

十六岁那年，我用年少的双腿撑着和我的悲伤不相称的虚弱身体跟在哥哥后面，穿着肥大的盖住了手和鞋子的写满孝的衣衫，向着那小小的盒子里面装着爸爸去血去肉骨头化成灰的身体行着各种各样的孝的礼节。

骨灰盒被黄土掩埋了，堆成了一个小山包。山包前，树起了一座比山包高大的纸山，哥哥点燃了它。熊熊的火焰从此将我视若珍宝的孝心送上了天国，连同他对我千般宠万般爱，哪怕是曾经让我最为不屑的衡量孝的标准，我一直以为我会做得更好，我一定会做得更好，可是，可是，我不禁要问，我做错了什么，我究竟做错了什么，伯父，你的哥哥凭什么像对待罪犯似地把我一次次爬向你的双腿扶成跪的姿势，磕头，再磕，再再磕，行那我永远也不愿意接受的最轻易也最沉重的孝礼。在这个时候，如果我孝顺的话，我就不该把我的眼泪滴到你的身上，应该在握着你的手，十六年里我握了千百遍却总握不够的手的时候把眼泪流向别处；如果我孝顺的话，我就该按每一个规定的时间给你烧纸，如果我孝顺的话，我就应该大声喊，爸爸，你来收钱。如果我孝顺的话，我就应该让自己相信那些最劣质的纸经过烈火的焚烧之后会转变成花花绿绿的钞票，如果我孝顺的话，我应该让自己相信五脏六腑都化成了灰的你照样可以品尝到伴了你一生的妻子亲手为你做的你生前最爱吃的小菜，还有伴着小菜的飘着浓烈的酒香的透明的液体，和含糊不清的微笑。

我孝顺，每一件事情我都做了，按照我最亲近的人和与我最陌不相关的人为我规定的标准。如果我孝顺的话，我应该相信。

我不孝顺，每一件事情我都不是真心的。

我也清楚，这泪水随着时间的流淌，早晚要被阳光晾晒得干爽的。

参加工作以后，我极少花钱买纸去父亲坟前烧，买，也都是象征性的，我只有在母亲提出要我给父亲买纸时，我才去。她叫我买什么我就买什么。有时多买点，那也完全是为了讨母亲心里的安慰。

我更乐意把那为数不多的钱拿出去给母亲买一块两块三块更多的肉。母亲最爱吃肉了，看着她用全口的假牙费劲地磨蹭着好半天的时间才把肉吞进肚里，我会难受，但我还是愿意看着她吃。看着我那让她吃肉的心呈现在她的脸上。

还有八天就是母亲的生日。我希望那天天空的颜色是蓝的。

母亲老早就提出了自己的想法，这个生日她主张不过，我有充分的理由认为这不是母亲的真实想法，以我对母亲的了解，每年的生日来临之前，她都要说相同的话，一再地说，如果你们孝顺的话，就听我的。每一年过生日的事情我们都不听她的，当母亲带着抑制不住的微笑坐到尽是她爱吃的饭桌面前的时候，她还是要重复说先前说过的话，末了补充一句，今天我要多吃点，这是你们的孝心。这种时候，我不免要想，其实母亲以孝顺衡量孝心的说法有时是言不由衷的，比如说她在干活的时候，你过去帮忙，她让你走开，进屋歇着；比如在吃饭的时候，她把鱼肉夹到你的碗里，自己却违心地说她不喜欢吃等等。

我想，没有哪一个做儿女的会相信母亲真的觉得干活比歇着好，咸菜比鱼肉好吃，除非你的母亲是个素食主义者。我母亲不是，而且她的身体也不好。在这方面，我曾经表现得很不孝，甚至恶劣的一种行为。不过现在我可以肯定地说，我不会再像十年前那样因为母亲执意不肯去吃我特意为她做的一道菜我知道她肯定爱吃可她就是不吃而气乎乎地倒掉自己也没吃一口的菜，以此来惩罚母亲教我的我永远也不认可的顺为孝，在我把菜倒进厕所的那一瞬间，泪水已经充满了眼眶，我心疼，但我知道母亲比我更加心疼。

　　我那时的想法很简单，就是想让自己泛滥的高傲的任性的孝心在母亲那里得到最大限度的满足。在以后的日子里，在给予的时候，我尽量把这种不顺表现得温和和恰到好处。

　　还有八天是母亲六十六岁的生日。

　　民间流传着一种说法，六十六，不死掉块肉。听上去挺吓人的，没有哪个做儿女的愿意看到母亲血淋淋的皮肉，哪怕是一般意义上最为不孝的女儿。

　　按照传统习俗，这个生日应该有别于其他的生日。我的理解是，满足于别人的时候也让自己满足。但是，最主要的还是让母亲在那一天笑得长久放松。就像一九九八年在沈阳过生日时那样，我如此清晰地记得。

　　那天晚上，在我的小屋中，我和母亲背靠背坐在床上，感受着彼此的气息,那种气息最大限度的释放着满足,我焐被的时候,母亲像个孩子似的把掉得七零八落的牙凑进我的耳朵,用露着风的嘴说:每一次她都不让我们为她过生日,主要是怕我们破费,每一次我们为她过生日她都很高兴,但是最高兴的是这个生日。

  长这么大,我从没有看到母亲像那一天那么长久地不知疲倦地笑,我知道为什么。我知道那不是最好的,我知道我会做得更好,我一定也能做到。

  最后,我请求那个把第一个孝心的声音送给我的男人,我的父亲:

  给我时间。

  妈妈说,他现在是神了,

  给我时间。

  向着他丢下的那个我称做母亲的凡事都为别人着想的女人教我的我永远也不认可的顺为孝,行礼。

结局和开始

~~~~~~

*

随后我们更仔细地观察时间看见它那幽灵般的双臂旋转。

——哈代《去与留》

童年时和伙伴们嬉闹的山坡后来埋葬着父亲的骨灰。我们在山上采野花,捉蚱蜢的年头里父亲很健康地活着。

童年的欢乐和忧愁总是被规定在一些具体的事情里面:一张成绩优秀的通知单或者老师的表扬足以让十二岁的小学生心花怒放;母亲喋喋不休地数落父亲,不厌其烦地重复着陈旧的历史使我无比苦恼。父亲一直沉默着不停吸烟的样子让我看了心疼。我的声音尖锐地发出来,并且占了上风。母亲不再唠叨了,但我的世界已经失去安静,在夜里,我时常会把头蒙在被窝里无声地流泪。

如今我的外甥女也上了小学，她经常把一些稀奇古怪的玩意儿摆到床上、桌上，嘴里不停地叨念着，她在和想像中的生命对话。有些时候她的声音让人心烦，我曾经随手抓起一件，看着她惊愕伤心的样子，我觉得自己突然重复了一种伤害。童年时我犯过一次错误，我整日闷闷不乐。同桌——也是我的同谋每天都在威胁我，他眨着狡黠的小耗子眼睛，重复做着简单的手势，有时左手在上，有时右手在上。我耷拉着脑袋，目光在他又白又瘦的手背上环游。有一天我终于去找老师谈话，我说老师我要求换同桌，我要一个新同桌，他影响我学习，我要重新做人。

父亲被癌症夺去了生命。那一年我十六岁。父亲没留下什么遗嘱。他相信母亲。他对我的要求朴实而深刻。我没犹豫轻松地点了点头。做一个真正的人，没问题。我心里想。他的目光在我的脸上蠕动。大爷和母亲搬动父亲的身体吃力地给他更衣时，冬天最寒冷的一天早晨开始来临。十六岁那一年我生命中最可靠的城垣没有预兆地塌落了，天空和世界在我眼里变得黑暗。父亲的身体被抬出病房之后有三天冻在冬天里的日子，我迎着风使劲地嚎。下葬那一天，山野覆盖着厚厚的白雪。

欢乐的时光让我哭泣。

回顾漂泊中被起点和终点肢解了的一个个断面，仿佛又看到母亲在月光下变成弧形的身影,感受弯曲是一种压力,一种悲哀。母亲的身体从前是笔直的。十四岁那一年,我突然发现她比父亲高出了一点,母亲说年轻时父亲比她高这么一点,父亲背驼了。母亲说这句话时眼睛里放射出奇异的光彩,父亲则很麻木。

看现在的母亲,依然能推测出她年轻时的美丽。那时候父亲在老家方圆数百里的地方曾经名噪一时,二十几岁走南闯北出尽了风头。母亲在那个年代里自己做主嫁给了父亲。母亲脸上的光彩让我幻想她能给我们安宁,她不愿意。她无休止的埋怨和父亲一成不变的沉默使我对母亲怀有根深蒂固的反感。我一直认为她使父亲失去笑容。父亲只有喝过酒才会笑,那种笑让人永世不忘。父亲去世后我们努力和平相处,但我已经很难把她看成自己的依靠。

十二岁之前之后那些年是非的判断和争论使我萌生了一个伟大的理想!长大当律师。我接受父亲的推荐,成为公认的家庭"小法官",我没有荣耀。也是成长,使我逐步认识到我不可能成为一个律师。我不具备那种素质,律师首先需要放弃情感和心灵,我不行。

久违了,青苹果乐园。

老师,我向您坦白。那天下午我们写完作业,在我家。一同去了附近的小山,我们采了很多野果,后来在两片果园中间的凹地上坐了下来。七月份的青苹果可以吃了,我家里有。张艳说苹果真好看,她说摘个吃吧,我没听见似的。我家里有的是,父亲是罐头厂的厂长,我心想,没说出来,丛丽和吴芳已经开始行动了,还有他。张艳和我始终坐着,看着她们把大苹果一个个抛过来,我们两个不停地把它们藏进草堆里。有他放哨呢。我们兴奋得忘乎所以,后来让看园人抓住了,后来又把我们放了。他说我们是孩子。

那天傍晚父亲见我不高兴问我发生了什么事,我把这个过程讲述给他听。我说我没偷,看园的男人和同学都清楚。父亲相信我,他告诉我:我的错误在于当时我应该阻止她们,我们家里有苹果吃。我说不是为了吃苹果,那是青苹果。

老师,从那之后第二天他就突然开始比划那种手势。他在课堂上小声说话,做小动作不准我制止,否则他就说我高他低,他是说如果把这件事告诉你我就会从高处落下来,他无所谓,最多还是那么低。我在他眼里一直很高的。我错了,我要重新做人。我不要他再做我的同桌。

老师微笑了,说重新开始别说重新做人,那是对犯法有罪的人洗心革面的鼓励。你只要知道错不再犯还是好学生。我笑了,轻松了。没坐过监狱的人永远不存在重新做人这种说法,是吗?十二岁那一年我得到的回答是肯定的或者否定的,没有中间道路可走。如今我知道老师并不就是真理,我开始懂得最可怕的监牢就在你的心里,你终生都面对着重新做人的达摩克利斯之剑,它高悬头顶闪闪发光。

一九九二年的冬天我经常想起父亲。母亲在那一年秋天基本上生活在我的视野之外,她说她在那些日子里养成一人独坐的习惯,她生活的全部似乎就是在那间十平方米的小屋子里。正对屋门的墙上,是形成黑白平面的父亲,他的目光里有一种生前少见的温情和明朗。我曾找出各种理由来说服她处理掉屋子里那几件笨重的老式家具,她长出一口气,没说行也没说不行。

重阳节那天一大早我们母女俩去上坟,母亲走到坟前一突然坐下去,她捋一下被风吹起的头发,说:"怪不怪?一坐到这里,心情就好了。"

山坡上冷冷清清。母亲小心翼翼地掏出为丈夫制作的纸衣服,他爱吃的食物和水果,一件一件摆放到坟前,她温和地在父亲坟前念叨起往事和现在的生活。她又像许多年前一样喋喋不休,不同的是已经没了那种烦躁和矫情,她的声音和神情让人感受到了天空一样的宁静和悠远。

独自一人的夜晚

*

常常地,得到一些什么,以为会是永远,常常地,又失去了,永远地失去了。在不断地得到又不断地失去的过程中,不得不改掉一些习惯建立一些新的习惯——

一个人,常常地问自己,这世界上究竟有什么东西是长久不变的,一生中究竟哪个人是能够长久依靠的。曾经流淌了十几年的河水会干涸,曾经那么凝重的回忆会褪色——

许多年以前,父亲在世的时候,哥哥姐姐无比的羡慕我,每当那种时候,父亲总是坐在沙发里一口接一口不停地吸烟,他说:"现在看来,她是最幸福的。"我不明白父亲为什么要说那样的话。

一九八七年的冬天,是我生命中最寒冷的一个冬天。刚刚萌发的许多少女时期的美妙幻想在那段日子突然间就中断了，我不相信，他会倒下，更不相信把这些寒冷的感觉带给我的人会是那个对我千般宠万般爱却从来不要任何回报的男人。

　　我迎着呼啸的北风，漫天的白雪，无边无际的阴暗，声嘶力竭地嚎，没有一丝回音，让我依靠了十六年的那个人去了，只剩下他身体纹丝不动地躺在雪地里，冰冻的木板上，陪伴我，一起听风吼的声音，看雪无声地降落，唯独我的呼唤他听不到，我的泪眼他看不到，他就像睡着了一样。他的平静让我不相信他就是那个曾经教我走路，在我一次次摔倒了，把我从地上扶起来从没有半句怨言的男人，我更不相信他就是那个把我带到这个世界上又在没有征得我同意的情况下把我孤零零一个人扔下的男人。我已经习惯了在放学的路上，将一只冰凉的小手插进他热乎乎的怀里，感觉着暖融融的温度，习惯了看他喝酒时微笑的样子和他不喝酒时沉默的样子，习惯了在黑暗中靠在他结实的肩膀上睡觉的感觉，习惯了在受委屈的时候一头扑进他的怀里失声痛哭，他轻轻地拍打着我的肩膀，抚摸着我散乱的头发，轻轻地说："哭吧，哭完了就没事了。"停一会儿，他又说："没事儿了，快别哭了。"

　　那些年，我习惯了依靠在他的怀里，编织梦想，和他一起设计遥远的未来，那种感觉——

　　一晃，十年过去了。

当年的小女孩不知不觉中变成了女人。

必须得走了。行装就摆在面前,看着你,我想这一回我是真的要走了。大概是永远吧。

曾几何时,我们相偎相依,在海边留下亲密的合影,同时我们还说好了十年后还在那个海边,拍同样的照片。那时我们都很年轻,现在也不老。转眼间,十年就到了,转眼间,已成空话。

还有一个不同是,当年的小女孩是不情愿的,她紧紧地握住那双拉了十几年的手直到她慢慢地感受到那双手中流淌的血液渐渐变成冰,还是不肯松开,可他还是走了。就像季节的改变一样,他自然地走就如同他自然地来,她拒绝不了,也挽留不住。现在的女人是自愿地走,走向大千世界茫茫人海,正如她在茫茫人海中自愿地来。轻轻的,挥一挥手,没有泪水,也没有欢颜,当火一样的激情渐渐转化为冰一样的平静时,我们在冷硬的感觉中无言地分手。

那种感觉,是那么地相同,又是那么地不同。

独自一人的夜晚多起来的时候,在四面都是墙的房间里,我习惯了独自一人靠着他,想一些不习惯的事情。

大 楼

*

小时候住在乡下。我摇摇晃晃长到七岁没见过比公社的三层楼更高的房子。

公社盖楼的那一年我只有六岁。我记得很清楚,那些日子每天天一亮,我就慌里慌张地睁开眼,一骨碌钻出热乎乎的被窝,急急忙忙地穿好衣服,再扒几口饭,便一蹦一跳地跑很长的高低不平的乡村大路,去看叔叔阿姨们在房子上面盖房子。

盼啊盼,整个一个春天在焦急而甜蜜的期待中悄悄溜走。叔叔阿姨们不紧不慢地挑水、和水泥,一块一块地递砖头摺砖头的样子总是让我心里痒痒地难受。有一次我忍不住,扯开嗓门大声问:"阿姨,大楼什么时候才能盖完?"可工地上乱七八糟的响声太大了,叔叔阿姨们根本听不见。我再往前面靠一靠,还没等我站稳,立刻就有人把我往后拉,"你们这些孩子,这儿危险!到那边玩儿去。""看看都不行么,又不是你家的楼。"我嘴里咕哝着很不情愿地顺着他手指的方向一边走一边想:这个老爷爷真坏。走远了,我还回过头,不服气地朝他噘嘴瞪眼睛鼓腮帮子。老爷爷看见了,不仅不生气还冲我呵呵笑呢。

在那个不同寻常的春天里,我和同去看盖大楼的小伙伴遭遇了同样被驱逐出境的冷落之后,成群结伙地一路高喊着"乡里盖楼喽"的口号,开始去山沟里找寻属于我们孩子的另一部分乐趣。

从差不多和我们一样高的生长在山沟里的好像专为我们这些馋嘴的孩子准备的槐树上很容易地摘下一串槐花,我们都感到无比的骄傲和自豪。从那些好像永远也长不高的矮槐树上摘下的,还有一份我们在大路两旁高高的槐树底下仰头观望雪白的槐花在枝头随风起舞时那种可望不可及的心情。

"今年的槐花可真甜。"小清自言自语地说。

"吃完了,我们还去看盖大楼吗?"比我还要小一些的辉征询我。

"干脆,我们多摘些槐花到楼前边吃边看,多好。"

于是,那片建筑工地周围涌现出一批一边津津有味地吃着槐花一边摇头晃脑地想着大楼的小孩子。

公社盖大楼的那段日子,每天天一亮,用不着家人催促,我会自动自觉地起床，穿衣裳，吃饭，然后直奔大楼。每天清晨，我几乎都能赶在捡粪老头儿的前面，与那些散落于路中央的新鲜和陈旧的牲畜的粪便相遇。至今我仍记得它们的形状光泽和散发出的气味。

那段日子，我是那么乐于在飘荡着泥草气息的大路中间穿梭，像一只欢快的小鹿。

我像盼过年一样盼着那高高的房子快一点盖完。终于等到了那一天。

我和邻居家的小清、小辉不约而同地聚集在楼前。我们每个人都想进里面看看，打更的老爷爷不准我们这些孩子走进楼门。我们一靠近它他就会突然出现在我们面前，像哄小鸡一样张开有力的双臂，嘴里不停地吆喝着："去去去，这里不是你们玩儿的地方。"我们一个个缩着脖子，退到乡里大楼门前的马路中间站成一横排，仰着脑袋数起了楼层。爸爸说乡里盖的楼是三层，可我数来数去都是五层（我把上下两个窗户之间那一条很宽的水泥面也加到里面了）。我希望它是五层。

看楼的老爷爷整天守在楼里面。他的目光似乎只针对我们这些孩子。我和小清、小辉一次又一次被他像哄家禽似地驱赶，却总是不肯死心。后来，我们选在傍晚趁老爷爷打水吃饭的功夫伺机溜进去，但只上了几级台阶就被他发现了，他的嘴就像推磨似的重复来重复去在我们看来毫无意义的话："跟你们说过多少次了，无数次了，这里不是你们孩子来的地方，你们这些孩子，就是喜欢和大人作对。"老爷爷三步并作两步抓起我们三个人中年龄最大的小清。他的力气真大呀！他把小清的身体夹在胳肢窝底下，大步流星往外走。小辉紧紧地扯着我的衣襟，我听见他带着哭腔对我说："晓君，你爸爸不是公社的吗，告诉他，告诉他呀。"

已经来不及了。这一次我们败得很惨，小辉在奔跑中摔倒了，膝盖擦破了皮，还流了血。小清竟把尿洒到裤筒里面了。尿了裤子的小清用双手捂住因惊慌和害羞而涨得红红的脸颊，小声说："楼里面可真大呀！要是能到上面看看就更好了。"说完，她咧开嘴，露出了掉得七零八落的牙齿。我和小辉不约而同地笑了。

那个夏天无数个长长的黄昏在那种偷偷摸摸的心思里开始和结束。

整个夏季，我们还会跑到离楼房很近的树林里去摇"老牛"。我们把从树上震落的"老牛"从地上捡起来，用早已准备好的线绳捡住它的腿，拎着线绳的一端开始摇啊摇，看着被线绳捡着腿的飞不高的老牛，听着它翅膀振动发出的嗡嗡声，我的心思就会乘着"老牛"的翅膀，飞向高高的大楼。

"我觉得大人们总愿和我们小孩作对。"我仰起脸，看着蓝天上滚动的团团白云，说。

"尤其是那个看楼的老爷爷。害得我——"小清下意识地把手伸向裤裆，摸了一把，然后呢，不再往下说了。

小辉一只手扯着拴"老牛"的线绳，一只手托着下巴，"我们如果是老爷爷的孙子孙女儿多好啊！"

远离老爷爷的目光，摇"老牛"的时候，我们不止一次地设想成为老爷爷最亲近的人。在我们孩子的眼里，老爷爷既可怕又可敬，时而成为我们费尽心思要对付的人，时而又被我们当成英雄人物来崇拜。

记得有一次，我和小清正在她家的窗台上用扑克牌盖楼房，小辉气喘吁吁地从外面跑进来，上气不接下气地说："你们猜，我昨天看见谁了？""看见谁了？"我和小清一边继续"盖楼"，一边漫不经心地问。

"看楼的老爷爷！当时我妈妈也在，没想到我妈妈竟然认识他，还和他聊了一会儿天。""他把我们进楼的事告诉你妈妈啦？！""刚开始，我也是这么想的，我害怕极了，都有些站不稳了。可是，他没有提那件事，一个字也没提。"

"会不会是没认出来你？"

"我也这么想，我正暗自得意，老爷爷弯下身趴在我耳边说了几句悄悄话。"说到这儿，小辉突然停住了，继而神秘兮兮地眨了眨眼睛。

"他说什么！？"我和小清不约而同地问。

小辉凝眸注视着"楼房"，好像根本没听见我们的话一样。

"我们都要让你急死了。"我一边跺脚一边扯住小辉脖子后面的衣领，小辉做了一个求饶的姿态，"好了好了，别动武么，有话好好说，我说，我说。"小辉的脸慢慢严肃起来，我一下子松开了手，其实我只是吓吓他，"老爷爷的声音特别好听，'小家伙，还在为不让你们上楼的事生爷爷的气么？等你们长大了就明白老爷爷的心思了。'说完他笑呵呵地从衣袋里掏出一个桃子，放进我手里。"

我们三个人默默地注视着窗台上用扑克牌搭成的"楼房"，许久，都不发一言。

后来的几天，我们都闭口不再谈楼房的事。我想，大楼会永远在我家乡的这片土地上傲然耸立，它像大山一样高大结实，那是许许多多的叔叔阿姨们用无数个日子才建成的，尽管我们无法走进去，但我始终如一地热爱着它，它是我们的骄傲。

也是那年夏天的一个中午，我和小清小辉吃过午饭，相约来到村头的河边。

听大人们说，这条河是把我们住的这个村庄和对面的村庄分开的一条界限。大人们都管这条河叫"界河"。平时，我们很少来这里玩儿，因为哥哥姐姐说那个村的人厉害，总好欺侮人。

我和小清小辉怀着侥幸的心理，忐忑不安地下了水。

明晃晃的太阳晒得河水暖融融的，就好像冬天里妈妈的被窝。置身于水中，感觉舒服极了。看着成群结队的鱼儿在水里自由自在地游泳，我很快就把哥哥姐姐说的话抛到了九霄云外，只顾跟着鱼儿左摇右摆的身影奔跑，渴望能抓到它，并把它带回家养起来。

就在我专心致志地抓鱼的时候，小清突然捅了我一下，"快走，那个村的孩子过来了。"这时，我抬起头，看见河对面有两个陌生的面孔朝我这边挥手打招呼。看他们的表情很亲热，并不像是要和我们打架。可为了防止万一，我们还是赶快上了岸，站在我们自己村子的地盘上，等候那两个看上去明显比我高的男孩。一阵急促的趟水声由远而近，很快地他们就来到了我们面前。走在前面的高个儿男孩先开了口：

"你们公社盖楼了？"

"嗯！"我用力点了点头。要说楼，我们知道的可比他们知道的多多了。

"是几层的？"另一个男孩儿问。

"五层。我们看是五层。"小辉一脸自豪地说。

"唉，什么时候我们村才能盖上楼啊。"高个男孩儿黯然。

他看看河对岸又看了看他的同伴。

"我亲眼看着我们公社的楼房盖起来。小辉,你说对吗?"小辉冲着西村两个大男孩一个劲儿地点头。他的表情是那么严肃认真,很容易让人联想起在露天电影上看到的小兵张嘎。

"那你们进去过吗?"

"我们公社的楼我们当然进去过了。"

"那你给大哥哥讲讲里面是什么样子。"西村的高个男孩弯下身,一脸诚恳地说。

"里面有楼梯。上上下下估计也有个百八十间房子。"说到这儿,小辉有些不好意思。他看看我,又看看小清,然后,三个人心照不宣地笑了。

在那两个大男孩的再三恳求下,我们终于答应带他们去我们公社的大楼外面看一看。看得出,他们比我们还要兴奋。他们个头比我们高出半个头却跟着我们的屁股后面团团转,一会儿说要把家里的木制手枪送给小辉,一会儿又说下次见面一定要给我们每人抓一条鲫瓜鱼,还说要帮我们捉知了——要知道,这些可都是我们平时想得到又很难得到的宝贝。

我们使劲儿地跑,一边跑一边回答他们提出的各种各样关于楼房的问题,给他们讲大楼的故事。就是没说小清尿裤子的事,每当他们问到我们是怎么进楼的,楼里面有没有人看守这一类的事情,我发觉小清总是很紧张,其实她应该知道在河边我们没说现在照样不会说。我和小辉也紧张,一回想起我们被看门的老爷爷追得狼狈不堪的样子就想笑。这场面无论如何是不能叫西村的大哥哥知道的。

一到楼的跟前那两个大哥哥就不像在河边在路上那么讨人喜欢了。他们比我们更早地接近了楼房。

我和小清小辉决定向前冲的时候,那个大男孩正在用一块石头划楼房的外墙。我们终于忍无可忍。我不知哪来的一股勇气,一把从那个高个男孩的手里夺过石块儿,大声指责道:"你们说话不算数,说好了只带你们看看,为什么要在我们家的楼上乱画!"

大男孩被我这突如其来的举动吓了一跳,结结巴巴地说:"我只想在这上面画个记号,证明我来过这里。"

"我们自己都不舍得,你——!"小清的眼里泪光闪闪。

"我们就要画,看你们能怎么样?"另外一个矮个儿男孩歪着脑袋,做出挑衅的姿态。

我们深知凭我们三个人的能力,绝不是他们的对手。但我们不能眼睁睁地看着他们任意糟蹋楼房而无动于衷。那时,我真希望老爷爷能走出来,哪怕让我再重演一出尿裤子的悲剧,我也不会感到丝毫委屈。我在心里一遍又一遍地呼唤着老爷爷。可他好像存心和我们作对似的,就是不出现。

那个高个儿男孩仿佛看透了我的心思,他朝身边的同伴使了个眼色,我立刻握紧了拳头,随时准备着向对方发起进攻。出乎我们的意料之外的是,那两个男孩儿竟然自己走到墙跟前,用衣袖在他们刚才画画的地方擦了擦,他们的目光忧伤地滑过楼面,然后飞快地转过身,朝着太阳落山的方向跑去。

我们踏着金色的晚霞,回家。

大楼建成后的第二年,我永远地离开了那个养育了我八年的美丽的村子。

一九九四年夏天的一个上午,我接到一封来自故乡的信。那时,办公室里只有我一个人。

我慢慢地展开信纸,小清那清秀的字迹立刻映入我的眼帘。她是我住在乡下的儿时伙伴中惟一与我保持着通信联系的人,已经有十几年了。

每次接到她的信,我仿佛又回到了那早已在日历纷纷洒落的碎片中走向遥远的童年时光,让我魂牵梦绕的地方。

我贪婪地读着小清的信,读到写大楼的那一段,我的心激动得好像要从喉咙里跳出来:

改革开放以后,我们家乡的变化很大,公社的大楼的窗户都换成铝合金的了。你还记得那个看楼的老爷爷吗?他死了。

我的心开始往下沉。呼吸也变得不顺畅了。

那天傍晚,几个和我们当年一般大的小孩儿去爬楼,他追,被一个孩子扔掉的树枝绊倒了,就再也没有站起来。医生诊断说是心脏猝停。可怜的老人,我还曾恨过他。你知道吗,他活了那么一大把年纪连县城都没去过。

信纸倏然从我手指中间的缝隙滑落,我呆呆地站着,两行清泪顺着我的眼角缓缓溢出——

一辆救护车尖叫着从我眼前真实的世界里飞驰而过。

面对窗外车水马龙的街道和日渐增多的高楼大厦,我异常平静。

伫立于窗前,我的脑海里再次浮现出许多年前的一个景象:一个土里土气的乡下小姑娘,站在雄伟壮观的楼房底下,怀着在那个年纪里最神圣的心情,以孩子的方式表现着她对楼房的神往。

有病的时候

*

小的时候,得了病是一件很幸福的事。只是那时候并不觉得。许多事情都是等到失去了之后才感到它的珍贵。当然,这其中也包含着一些具体的疼痛。有机会回忆的时候,已经很难记起那种疼的感觉了。

长大以后,得了病是一件非常不幸的事。尤其是在异地他乡——那种时候,会格外怀念小时候生病的日子。

那一年我八岁,患了大叶肺炎胸膜化脓。由乡村医院转进城里医院的时候是夜里,已经奄奄一息了。记忆中母亲是一个非常刚强的女人,即使是在最困难的时期,她也决不低头。但是那一次,母亲却跪下了,几乎是不假思索地就跪下了。深冬的水泥地透着彻骨的寒气,母亲的腿好像失去了知觉一样,任凭父亲怎么扶她她就是不肯站起来。在医生面带难色的平静地注视下,母亲显得那么的无助又是那么的顽强。

经过了八天八宿的抢救,我终于脱离了危险期。医生感动得流下了眼泪,说:"这孩子能够活过来,真是个奇迹。"医生还说,是我的父母救了我。

印象中父亲不是一个勤快的人,每一年到了需要封后门的时候,母亲总是不断地催促父亲,父亲总是笑呵呵地说等等再说,等到不能再等的时候,母亲就赌着气自己干。五十岁的父亲肯定比年轻时的父亲更加不愿干活,可是在我住院的那段日子,父亲好像变了个人似的。终日奔波于小镇和城市之间,为我买最好的药,最爱吃的食品。买完了笑呵呵地送到医生和我面前。

有一次,父亲匆忙中把药名记错了,买回来之后才发现。那时,天差不多已经全黑了,医生看出父亲很懊悔很焦虑还很疲劳,一再地劝他说没关系,明天再去也是一样的。可是父亲坚决不肯,他连饭也没顾得上吃,就急急地去车站。当他再度敲响医生的房门的时候,已经是深夜了,他的手哆嗦着从怀里把药掏出来,嘴里不停地说:"这回肯定没错,肯定没错。"

那段日子,母亲日以继夜地守护在我床边。最初的时候,我每说一句话都很困难很吃力,每当我需要什么的时候,我只要用眼睛看着母亲,她就能以最快的速度从我的眼神中找到答案,然后把它们送到我的面前。我的任何一个哪怕是非常细微的不舒服的动作,都逃不过母亲的眼睛,每一次母亲看到我不舒服她总是很紧张,好像做错了什么事一样手忙脚乱不知所措。

夜里,同病房的人都睡了,母亲怕挤着我,就一直坐着到天亮。有一次,我睡着睡着突然醒了,看着母亲独自坐在那里打盹儿,我就问:"你为什么不睡觉?"她说她不困,我明明看到她很困,她的眼睛困得都睁不开了。

在我的病情稍好一点的时候,每天磨着母亲讲故事,后来她的故事都讲光了,就瞎编着讲。那天晚上,我已经睡了,可母亲不知道,还在讲,讲着讲着她自己也睡着了——护士推门进来为我打针的时候看见母亲也睡了,她的嘴里还喃喃地念着什么,母亲做梦也在为我讲故事。

在医生和父亲母亲的治疗和关爱下,我原先苍白的小脸蛋儿一天比一天红润起来,可是父母亲的脸却明显地衰老了。

小的时候,并不能很深切地体会到父母的爱,否则的话,就不会那么贪得无厌。在病好之后,哭着闹着向爸爸要一个布娃娃,后来爸爸买回了一只小鹿,胶皮做的。为此我一直耿耿于怀。九岁那年冬天,我用姥姥用来取暖的火盆给我那只冻得硬梆梆的小鹿取暖,不料,把它的一只腿烤焦了。非常愚蠢,那个年代的孩子,乡下孩子。

没有病的时候,很少去想这些事情,有了病的时候,才发觉，很难不去想这些事情。不知为什么，小时候得过那么多次病，体验过无数次疼痛，这一切过去之后非但没有使我变得聪明，反而更加愚笨了。

那一年我已经是个初中生了，得的也不是什么大不了的病，可是父亲依然不放心，坚持要在医院陪护。我只想一个人待着。我不停地让他走，还给他脸色看，弄得父亲留去都难，不停地在我床前打转转。他越是转我就越是心烦，索性把脸扭到一边，看也不看他一眼。不知过了多久，他终于让我如愿以偿的，走了，但是没过多久，他又回来了——

一晃十几年过去了。生活变了又变。现在想起来，当初我是多么傻又是多么的自私，我把父亲逼得进退两难还以为自己受了多么大的委屈，就在父亲推门的一刹那我竟然能怀着欣赏的心情看他犹豫的样子，有心情在他无奈的背影后面沾沾自喜，以为自己达到了目的，做了一件非常了不起的事。

此时此刻，纵然我疼痛难忍千呼万唤也无法穿透黄土，让父亲听见，在另一个世界里，他终于不再疼痛。

有病的日子里，羞愧着自己的幸福。感到庆幸的是远在他乡还有一个母亲，她现在还很健康。

病好了之后，才发觉：有病是一种收获，它使我变得宽容；有病是一种成长，它使我变得更坚强。

朋　友

*

我们已经很多年没有联系了。就像她写给我的最后一封信里说的那样,总不能每封信的内容都写我们小时如何如何吧。我知道她说的没错,可心里还是有一种惆怅的感觉。很长一段时间里,我把想对她说的话只是说给自己听,在夜里,独自一人的时候。我想,我愿意听自己叫她的名字,那里面包含着我自己也说不清的东西。

我们在两个不同的城市里生活,已经很多年了。她比我大一岁,两年前,我在她给我写的信中得知,她如今有了一份并不十分称心但还说得过去的工作。她已经二十七了,可还没有男朋友。她心里有障碍,她说就是不想处。我猜她不想处的原因和那件事有关。那就等等吧。我以为时间可以磨灭一些曾经被人们称为难以忘怀的事,可实际上,不该忘的想记也记不住,想忘的却总也抹不去。

一九九二年她父亲得脑血栓住院的时候我去看过她，那时我们已经有八九年没见过面了。我是从哥哥口中得知她父亲病重的消息，意外的喜悦和悲伤搞得我异常激动，被岁月的长河冲得支离破碎的一个个儿时的场景在脑海中闪现，堆积。晚饭中，我不停地谈起她，有好几次，我站起身，准备马上动身去医院，理智劝我要控制一些，一切可能并不像我想像的那样。

我们在医院细长寂静的走廊相遇，她背对着我，很专注地在干一件事情，我突然出现在她面前，似乎把她吓了一跳，她的身体剧烈地摇晃了一下，我急忙伸了手，她已经自己站起来了，她的双臂半张着，我理解那是一个等待拥抱的姿态。就像许多年以前的每一次别后重逢那样，我们总是什么话也不说，见了面就紧紧地拥抱在一起。她的手没有像我期待的那样环绕过来，我说期待是因为我心里有障碍，这种期待在她伸过来又背到身后的手臂上在我们中间那无限遥远又无限亲近的距离中变得捉摸不定。她若无其事地笑着说："我刚才弄冰块了。"这时我才注意到她的手又红又湿。

我们都不是善于表达自己的人，小华尤其如此。我想说的话挺多，可她父亲正病着，他躺在床上的样子让我看了之后就联想起我父亲，一九八七年他得了不治之症，在医院住了八个月。从内心里来讲，我非常不愿意去医院的病房。我想这不需要解释。我坐了一会儿就起身告辞了。小华出来送我,她挽着我的胳膊依然像我刚见到她时那么笑着,她的状况比我想像的要好些,这让我增添了几分信心:"华,上我家一趟吧。"

笑容在她脸上凝住,不用说,答案都写在她的脸上。

"那给我留个地址吧。"

漫长的几分钟过去之后,她把一张小纸片塞到我手里,我紧紧地攥着它。我知道结果肯定是这样的,她还是不愿意去我家,自从那件事发生之后,我感觉她拿我就像瘟疫一样。我能理解,但我总希望随着时间的推移事情会有所变化,我弄不清使我受打击的是小华还是我自己。医院前面就是一个十字路口,我想我们得在这分手了。

她搭在我胳膊上的手一下子便松开了,我继续朝前走。穿过车水马龙的街道,在路的另一面,我停下来,回过头,她还站在分手的地方,脸上的笑容由清晰变得模糊。我慢慢地抬起手,挥了挥。

钱彪子能成为我的朋友在我的朋友和亲人看来是一件不可思议的难以容忍的事。她们觉得我和钱彪子并肩而行是一件有损我自身形象的行为。就因为反对的人太多,因此我想和钱彪子合影的想法一直没能实现。在几个特定的场合,我想请我的亲人和朋友为我和钱彪子照一张相,他们总是能找到借口,溜之大吉。钱彪子肯定也和我的心情一样,想拿到这张照片,她满屋子跟随着手捧照相机的人,脸上挂着憨厚的笑,相机不断的从这个人的手中传到那个人的手中,我想她不至于彪到看不出来,可她愣是做出一副没看出来的样子。这种时候,我一般会采取的行动是找一件事情让她做以此来转移她的目标。钱彪子不会反对。她对我的话总是言听计从。

在感情问题上,我跟着感觉走我行我素。没有人能说服得了我该喜欢这个不该喜欢那个,没有什么道理能说服我该拒绝还是应该接受。

我一直认为,能和我成为朋友的那个人肯定和我有某些相像之处,譬如性格、经历,说得细致一些,就是我们都喜欢具有诗情画意浪漫情调,说得含糊一些,就是我们都彪或者都精,说得具体一些就是我们都没有父爱,再说的话就说得太多了,其实这里面有一点就足够了。

钱彪子的原始名字叫钱萍,现在的名字叫钱馥郁,我现在所说的钱彪子就是钱萍或钱馥郁的绰号。

从钱萍到钱馥郁有一段传说,那是我转到初二三班以后的事。后来这段传说从钱彪子口中得到确认。她说:"我在《辽宁青年》上看到一首小诗,当时那首诗深深地打动了我,写诗的作者叫赵馥郁。本来我就不太喜欢自己原来的名字，浮萍一样漂来漂去的，就这么简单。"说这话的时候，她的嘴角一撇一撇的，还不时地朝我挤眉弄眼。在我的脑海里，她总是那一副似乎永远不知道愁为何物的乐天派的样子。

据我所知，从来没有人承认她的新名字。也就是说我从来没有听到一个人管她叫钱馥郁，听得最多的就是钱彪子。在我还没有转入这所中学的时候，钱彪子和我现在刚刚转进来的情况差不多，过的是一种形单影只的日子，可钱彪子根本不把同学的冷落放在心上，依旧我行我素，想和谁说话就和谁说话，不管别人是不是愿意听，是不是冷眼相看。说完了就走，根本不在意在她走了之后别人说什么。

开始喜欢上钱彪子之后，每天上下学路上都有钱彪子陪伴，时间久了，我们便无话不谈。我说过了，我不是那种擅于表达的人，不仅仅如此，由于我自己的敏感所以在我和朋友交往过程当中，我尽量回避那些容易让对方感到伤害的敏感的话题。我以为保护朋友的心灵免受外界刺激也是自我保护的一种灵丹妙药。

知道钱彪子被她继父强奸那件事的时候我十分震惊。那一年钱彪子只有十二岁，她还是个未成年的孩子。就在钱彪子和我说那件事的第二年，我的父亲永远地从这个世界上消失了。谈起父亲，钱彪子无望地看着蓝天上流动的朵朵白云，一字一顿地说："我恨他，他是个畜牲。"

"你妈妈知道吗?"

"她是个傻X。"

"可她毕竟是你妈妈。"

"想汉子想疯了。"

钱彪子终于克制不住,趴在坟头呜呜地哭了。

在那种时候,我不知道说些什么,我很自然地联想到另一个人,我更加不知该说些什么。我呆呆地站着,只能是站着,看着钱彪子鼻涕一把泪一把依旧是很彪的样子,我的心都要碎了。

钱彪子哭完之后就笑了。她很响亮地擤鼻涕,又用衣袖胡乱地朝脸上蹭了蹭,脸干了。

"我妈,她就知道看着我。当初她把看着我的劲儿用在那畜牲身上一半也不会像今天这样。"

"那个——"我迟疑着。

"继父。"钱彪子的语气由激烈转换成平淡。

"他现在在哪?"

"把我干了之后,他怕我告诉我妈,跑了。连我妈也不知道他的去向。白白跟人家睡了两三年,搭上了自己还赔上了女儿。真不知她怎么想的。"

"你妈也挺不容易的,一个女人,带着三个孩子,三个孩子都在读书。"

"我就是为她想的,否则的话——"

钱彪子没再说下去。

自从我认识了钱彪子,自从她妈妈知道她和我来往密切,只要是钱彪子不在家,我的家就没有安宁过。

在我读初中的两三年里,在钱彪子正式嫁人以前,她的母亲经常像发疯一样敲我家的门。有时,钱彪子彻夜不回,她就彻夜不停地找,彻夜不停地敲我家的门,彻夜不停地骂:"彪子,纯粹是个彪子。""我不知道怎么生出这个彪子。"

钱彪子对她妈妈的这种责骂早已习以为常,我暗地里佩服她这种超乎寻常的麻木不仁。这也是我所缺乏的。记忆中母亲只骂过我一次,那是因为我在没有经过家人允许的情况下偷偷地和异性朋友去电影院看了一场两个小时的电影,影片的名字叫《日出》,是方舒主演的。方舒是那个年代很有名的电影演员,也是我比较喜欢的电影演员之一。但那场电影因为一进电影院我就胆战心惊,所以两个小时里我一直稀里糊涂,电影还没有结束我就对那个小伙子也是我的同学还是我的追求者说走吧走吧,他似乎不愿意他肯定不愿意可这并没影响他的脚步跟着我的脚步走。那时我已经有了一种不祥的预感。

"我们走大路吧。"

这一句话没好使,男孩子身上的男人气已经发作了,我喜欢。

但很快的我的预感应验了,在回家的小路上,我遇见了不放心我出来接我的爸爸。后边跟着同样不放心的妈妈。

后来我就被妈妈骂了,再后来我就趴在床头很压抑地抽泣,并且用指甲使劲抓自己的肉皮。一直到现在,我的胳膊上依然留着当年抓过的印痕。

钱彪子对钱寡妇持之以恒的恨铁不成钢的精神所表现出来的无动于衷坚持了数年之后,终于在一个夏日的黄昏不可扼制地爆发了。用钱彪子自己的话说,不是在沉默中装彪,就是在沉默中爆发。

那一年钱彪子十九岁,十九岁的钱彪子在她十九岁的那一年夏天的一个深夜敲响了我家的门。钱彪子径直走到屋子里的镜子面前,直直地看着镜子里的那个钱彪子,自言自语:"我已经不再是个孩子了,我早就不是个孩子了。"钱彪子用手理了理凌乱的头发,转过身冲着我,"我把一切都告诉她了。是她逼的。"

也是在那一年,钱彪子完成了作为女人很重要的一项事业:"结婚"。"我不想再受她的管制,如果我可以选择的话,我一辈子都不想见到她。"钱彪子正式出嫁的前一天晚上对我说。

也是在那一年,钱彪子超额完成了她作为女人的另一项事业："生孩子"。"女人就是个工具。"钱彪子感慨地说。

还是在那一年，我离开了不再完整的家，到异地求学了。

那是一所专门培养作家的学校。那里聚集着一批准备为文学事业献出毕生经历的人。我在他们中间是最小的，最容易被忽视和冷落。他们中没有人愿意和我讨论人生和文学问题。我很寂寞但并不孤独，因为我有小说可以写，完整的有头有尾的小说。

"生活中的不幸往往会成为他作品中最大的幸运"，这是我们老师在课堂上讲课时说的。我记住了这句话，我想我的同学也记住了。他们日以继夜不知疲倦地相互诉说着自己在外面世界的不幸时，目光中流露出一股喜悦的忧伤。由此，我也想为自己树立一个不幸的形象。于是，我在某一天外面下着瓢泼大雨的深夜从宿舍里跑出去，跑进空荡荡的操场大声哭泣，我说我很不幸，我没有父亲。我的这一举动惊动了全校师生。他们都跑出来安慰我，他们说我是个孩子。

那时，一张忧郁的面孔比面包夹火腿更具有不可抗拒的诱惑力。

一九九三年夏天的一个黄昏，我和钱彪子漫步在金色的霞光中，沿着两条长长的钢轨。那时，钱彪子刚刚和她的前夫领取了一张人生的特别通行证。钱彪子的脸上飘扬着自由的空气,这使她那张松弛的脸越发显得松弛了。

我们各自想着自己的心事,默默地朝前走。走了一段,我停下来,蹲下身体,凝视着那条钢轨。听妈妈说,就在前几天,一个年轻的男人在这里卧轨自杀了。据我所知,这条铁路是专门为运输货物修的,经常是好几天也难听到一次火车的声音,可年轻男人偏偏就赶上了那趟死亡列车。"男人就是该死。"钱彪子如是说。"听说那个男人长得挺帅的。都说我彪我看他才真彪。"钱彪子补充说。

我抚摸着一段锈迹斑斑的钢轨,跟前浮现出火车沉重巨大的身体呼啸着辗过年轻男人的肉体时那惨烈的一幕。我下意识的拉住了钱彪子的手,紧紧地握着。

"我第一次背着我丈夫和别的男人干那种事就是在这里。我们无处可去,选来选去就选了这里。那个男人可会了。"

我有些恶心,想吐,又吐不出来。

"知道我为什么和他离婚吗?"

……

"他在那方面不行。他把我当成工具,干完了就呼呼大睡。跟他结婚都四五年了,最长时间也没超过十分钟。"

……

"我再找男人非要找个好的不可。"

找到了么?

"和他离婚的前一个星期里,我跟了五个男人睡。一天晚上一个,有年轻的,也有岁数大的,比较而言,就是这个卖豆腐的最好了。他也是个离婚的。"

"你就不怕他们在同一个晚上都来找你睡。"

"那就睡呗,你没听说过,女人这种事干得越多越年轻,天天晚上不睡觉也不知道困。"

年轻?没看出来。不知道困,倒是看出来了。

"你怎么样?跟我说说,唉,不用说我也看出来了,我是做梦都希望自己是你。"钱彪子那一张金黄色的脸渐渐暗下来。

我和钱彪子相隔了三年的一次知心地交谈在夏天长长的黄昏里,在流淌着白色红色液体的钢轨上,在月亮升起来的时候,在不知道应该向往还是拒绝的含糊中,永远地结束了。

在以后的许多年里,我偶尔会听到关于钱彪子的传闻,比如说钱彪子在报纸上给她母亲登了一则征婚启示;比如说那个卖豆腐的男人砸烂了豆腐车;比如说钱彪子用自己的工资养着那个男人;比如说钱彪子把厂里生产的高级避孕套偷出来,拿到外边去卖,后来被厂里门卫检查时发现了,开除了她的公职。再后来再后来,我就没什么可以告诉你们了。

我们已经有很多年没有见面了,对你的思念随着时间的推移逐渐演变成一种可望不及的近乎于虚无的感觉。对于你来说,我想什么做什么已没有任何意义了,很久很久以前就已经不重要了,我对你的要求很简单的要求也成了你的一种负担,我说这话没有责怪你的意思,我想,我和你同样无比痛恨一九八六年的夏天,恨那个男人。

我知道,那天晚上你回来之后一夜没睡,我还知道生命中有一些很重要的事可能会被新的东西掩盖,但它永远会以自己独特的方式出现在,某一个深夜或者黄昏,你独自一人的时候,哪怕稍纵即逝,哪怕是我们老得不能再老。

养 花

*

因为一个朋友说要送我一盆花,我才动起了养花的念头。

渐渐地,养花的情绪由被动转为主动。几天过去之后,我已经被他所描述的种种心境给迷住了,比如说有一盆绿色放在屋里,会使屋子增添一些生机。比如说你的感情没有着落的时候,可以把它当个寄托。因为是朋友说的,我就认真地去想,后来越来越觉得他说得有道理。

"五一"放长假的一天,我在路边看到一个推着车卖花的人。

远远地,那一片高低起伏的绿,一朵朵或黄或粉或白的花朵点缀在中间,照得我眼前一亮一亮的,心里好像开了两扇窗,立刻亮堂起来。就好像是遇到了久别的亲人,我几乎是一路小跑着奔过去。

经过了反复打量和了解，我挑出了两盆。一盆叫"吉祥树"，绿色的叶片中夹杂着小手指甲大小的白花，虽然花瓣小，还没有丁香花一半大，但我觉得也蛮惹人喜欢的。另一盆是"栀子"，我喜欢这花的名字，简洁，有线条感，洁白的花朵含苞待放，引起人无限的期待。

从那以后，每天早晨醒来，我睁开眼，第一缕目光便会投向窗台。起床之后，常常是头不梳脸不洗就忙着给它浇水。

栀子花喜欢碱性大的淘米水，我极少在家里做饭，但是为了"栀子"花，我经常淘米。

只是因为喜欢。看到它黄了一片叶子，也会无端地生出心疼。这个时候，你就会觉得花还是不如人，它不会说话。你不知道它究竟是哪里不舒服，你怎样做它才能好起来。也许把它们放在阳台通风的地方会好些，我琢磨着，但是我从心里不愿意这么做，养花的目的对于我来说是自我欣赏，可是，眼看着它的叶子一片又一片地枯黄，挽救它的办法也只能是如此。既然已经把它买回来了，既然喜欢，就希望它能活得好。

吉祥树不像栀子花那么娇气，它对水没有什么挑剔，一天浇一次可以，两天浇一次也不会影响它的生长。

那天傍晚下了班回家，我跑去阳台看它。栀子花开啦，洁白的花瓣全部绽开,远远地就可以闻到香味儿。尽管只有一朵,可还是让我兴奋了好一阵子。

那天晚上,我认认真真地炒了两个菜,一素一荤。吃饭的时候,我把栀子花搬到眼前的茶几上,一边吃饭一边不时地看它一眼,那顿饭吃得特别有滋味。晚上央视"东方时空"结束的时候它又开出了第二朵,当我快要上床睡觉的时候,又发现了第三朵。半个晚上时间,就开了五六朵。花开只是瞬间的功夫,这太奇妙了。

那天晚上,我一夜都是似睡非睡的。我真想把栀子花拥在怀里入睡。可惜,栀子花拒绝拥抱。

在一段时间,它没有再生出让我担忧的黄叶子,并且又开了第九朵第十三朵,只是花朵太小,只有第一朵一半大。

会不会是盆子小的原因?这个念头在脑子里一闪,我就又坐立不安了。

吉祥树干枯得比我想象中要早一些,也是找不到任何缘由。我的努力在它身上没有任何效果,它好像完全失去了知觉。原来墨绿色的叶子逐渐变成了深棕色。最开始是叶的边缘,后来逐步向中间靠拢。

突然有一天,最后一抹深绿也被涂上棕色,我小心地用手指的指尖碰了碰,轻微地,就好像拨动心灵上一根沉睡的琴弦，响亮的断裂声把我的心震得剧烈地跳了一下，随后是死一样的沉寂。

其实在那之前，我已经知道了结果，但当真的降临时，还是让我感到有一种说不出的突然。我不该一而再而三地去对一树已经干枯的枝干寄托什么。在这一树干枯的枝干上是不可能长出当初嫩绿的叶子。

我把它当作干花放了几天之后，实在是不忍心再看下去了，才把它从我的屋子里移走。

我希望自己把它当成花忘了。

栀子花只剩下了尖端为数不多的几片绿叶子，残留的花骨朵开出来的花朵只有大拇指大小，还不及原先的三分之一大，花瓣的颜色从展开时就已经和它大部分的叶子没有什么区别了，在它身上，还留存着丝丝余香，不把鼻子贴到花朵前是闻不到的。这个时候，全然没有了当初的喜悦和欣赏。

两天之后，最后一盆花也死了。

我不知道以后还会不会再养花，尽管它曾经给我带来无与伦比的快乐，但是这其中也包含着日以继夜的牵肠挂肚，眼看着它日渐枯黄你却毫无办法。那份酸楚，心疼，无奈。直至无所知觉，这中间的过程。

　　我想：美的东西很多，但它未必对谁都适合。

有感于情人节

*

今天是二〇〇六年二月十四日,有情的和无情的人几乎都知道这是个什么日子。早在元宵节前,街道两旁的鲜花门市就打出了迎接的招牌,还有超市,还有电视,声情并茂了。讲究一点的商家用美术体,用普通话;另外一种是方言,字写得毫无美感可言。

对于一个重感情的人来说,凡是和感情有关的节日都是不可能被忽略的。我曾经特别看重节日,大到春节、元旦、国庆节,小到端午节、腊八、冬至……这肯定源自于我是一个东北人,东北人的特点之一就是恋家。这和气候有关,寒冷的冬天,一家人围坐在温暖的桌子旁,吃什么菜喝什么酒不重要,说什么话聊什么天儿也不重要,重要的是那种亲情的氛围。

不知是哪年的二月,中国人开始过起了洋人的节日。

对于情人节的最早的记忆，是在十年前或者更早一年、两年。沈阳的中街。天气非常寒冷，我的目光遇到那枝玫瑰，是一种偶然，一对老年夫妇，在一个商场的门口，男的正在搀扶着女的上商场的台阶。女的手里拿着一枝玫瑰，在寒冷的天气中，在大多数都是年轻人的街道上，在情人节，我立刻被打动了。我的目光目送着那枝玫瑰消失在商场的入口中，而思绪飘向了很远的远方。

我想，等有一天，老了的时候，能拥有这种玫瑰色的心情。

半上午，老公打来电话，祝我节日快乐。其实情人节对他的意义我还是比较了解的，至少到目前为止他的想法就是尽可能在少花钱或不花钱的情况下不惹老婆生气。他用对部队建设和谐的理论来指导家庭，效果并不明显。

四年中，几乎每个情人节我们之间都有不愉快的空气产生，即使是两地，也是如此。他总是抱怨情人节的鲜花太贵。

我在，他抱怨。

我不在，他还抱怨。

今年，他没抱怨。他说他离的太远，就送不了我鲜花了。电话在稍许的没话之后放下了。

中午我要去赴一个约会。

异性。

他身上有我敬畏的东西。我身上也许有他喜欢的东西。

在这一天,外人知道这件事,是很容易产生暇想的。

我们在几天前的电话中约的下个星期二见面。等到星期一的晚上我才发现星期二是个节。我不知道他知不知道。对于一个只见过两次面的你所尊重的师长来说,取消是不合适的。

女人出门总要打扮一下,想到今天这个日子,我描口红的时候手就有些抖,本来我是打算穿那件酒红色的大衣,但是,快出门前我又脱下了,换了一件黑的。

我们在地铁里见了面,我比约定的一点半晚到了两分钟。

在没有见到外面的天空时,我们就谈了这次见面和这个节日。感觉是相同的。赶上了,怎么办。

我们在地坛附近的一个小吃店坐下了。坐下之后,马上就有一个服务生带着玫瑰和红酒朝我们这里走来,我率先摇头。

里面很乱,我们都吃过午饭了,和服务员要了一点点心和一壶绿茶,这里噪音太大,不是谈话聊天的地方。

我们偶尔也说话。

我们喝茶。

我们沉默。

我说话的时候我想他也许并没有在认真听。

他沉默的时候我想他也许很想说话。

这个节日肯定让我们各自想起了许多。

不知又过了多少时间,他说,你早点回去吧。

我说,是的,好的。

对于初相识的人,对于敏感和喜欢联想的人来说,是不用多说什么的。

这些文字是我给自己情人节的礼物,它包含了很多。最主要的是,它是属于我自己的。有一天,当这些文字变成了铅字,它就是属于那些与你心灵相通的人。

希望使生命分外美丽

*

一年前,我因为肚子里长了个瘤,住进了中国医科大学第一附属医院的病房。

我不知道等待我的会是什么,已经整整六个月了,它生长在我的身体里,一直是个谜。

那段日子,我坐立不安,茶饭不思,每每想到它,就会被一些有理有据的分析弄得情绪低落,一想到可能会出现的种种可怕的结果,马上感到前途黯淡无光。

那是一间二人房,最多只能容纳两个病号。我住进去之后,就满了。

在当时,我挺想有一个"同病相怜"的人在身边作伴,迈着怯生生的步子,轻轻地推开虚掩着的房门,一眼就看见她露在被子外面的脸,灰灰的,从这张被病痛折磨着的脸上,我无法判断她真实的年龄。她半睁着眼,看到我走进来,她的眉头轻轻地皱了一下,看得出,她并不欢迎我这位不速之客。

病房里乱七八糟,一看那些盆啊罐啊和男人那身打扮就知道他们是乡下来的。那个乡下男人看到我进来,显得有些紧张,手忙脚乱地收拾放在我床上的衣物。一边歉意地微笑着一边对我解释说:她女儿刚刚做完一次大手术,输尿管和氧气瓶还没撤呢。

站在我的床位前,想到我将要在这弥漫着消毒水的空气中面对那样一张刚刚手术完的面孔,听她的呻吟,看他们整夜不睡觉的忙碌,在这样的环境下度过一个、两个、没有安静可言的夜晚,我一筹莫展。

"你也是来手术的?"女孩儿的父亲主动热情地问。

"嗯。"我点点头。

"长在哪儿?"他问。

我指了指肚子。

"我女儿也是。现在好啦,没事了。"一边说着一边伸出粗糙的手,在女孩儿的脸上抚摸着,女孩儿睁了眼,这时我才注意到她的眼睛又大又黑,属于很传神的那种。

"她今年多大了?"我问。

"十九,都是这病把她折腾成这个样子。"男人再次伸出手,用手指笨拙地梳理着女孩儿散落在枕边的长发。

躺在病床上的女孩儿低低地叫了一声。

男人弯下身体,把耳朵贴在女孩儿的嘴边,女孩儿又叫了一声,这一次比前一次声音要大一些。

女孩儿抿了抿嘴唇。男人用一只小勺把水盛起来,快送到女儿嘴边时,又把勺子拿回来,放在自己嘴边试了试,这才放心地送出去。整个过程中,男人一直做轻松状,可我感觉他并不真的那么轻松。

得知那个女孩患的是癌症并且到了晚期的时候我非常震惊。

是她的父亲亲口告诉我的,在病房的走廊里。

"她的子宫摘除了,两个卵巢都摘除了,肠子也截掉了一段——医生说即使是做了手术,她最多也只能活一年。"男人大口大口地吸着手里我姥姥那个时代抽的卷烟,用一种低沉得不能再低沉的暗哑的声音说。

"别看我的姑娘是乡下人,城里姑娘有的金项链,金耳环,金指环这三个我姑娘都有。我是个粗人,没什么文化,这些年靠在建筑工地上出力,没想到哇——"

从这几天的接触当中,我已经发现他是一个对自己生活方面非常苛刻的人。每顿饭他几乎不吃菜,只吃馒头,喝白开水。

在这个朴实的不幸的男人面前,我不知道该说什么。

"这事她妈妈还不知道,能瞒一天算一天,她身体一直不好。"

想到女孩儿那双善解人意的眼睛,我的心里又蒙上了一层阴影。

"昨天晚上,她突然问我,爸爸,你说我要是不能生孩子了,我活着还有什么意思?"说到这里,男人的喉咙哽住了,他背过脸去,用袖子抹了一把脸。

转过身来,他又笑了,说:"这些话在心里憋着实在不好受,大妹子,我不能再呆了,我得进去看看她。你也早点回屋吧,走廊冷,感冒了,明天你的手术可就做不上了。"

我的手术进行得很顺利,前后只用了一个多小时的时间。就在那一天,在同一家医院,同一个病房,同一个手术台同一个医生一共做了三个手术,第一个是恶性的,最后一个也是恶性,只有我,与死亡擦身而过。

本来我应该高兴,可不知为什么,我的心情并没有因此而放松下来。

其实女孩儿并非像我想象的那么性格内向。

"爸爸,你说,我要是长得像姐姐,多好。我做梦都想当个时装模特儿。"

说话间,女孩儿的脸上放射出奇异的光彩。

"等你病好了,让姐姐教你。"女孩子用一只手抚摸着她爸爸的后背,慢慢地,从上到下,一遍又一遍。

我的心一酸,眼泪怎么也控制不住,一颗两颗三颗连成了串——老天,你为什么这么残忍?

出院回家的第一天,就接到女孩儿爸爸打的电话,在电话中,他不时地发出笑的声音,一种让人听了分外难受的笑。

我一直没有往她家里打电话,我不止一次地想,却没能鼓起勇气,去证实那个对于活着的人来说很残酷的现实。

一年、两年、三年,我等得眼泪也干了,花儿也谢了,我跟他说我们是两条并行的钢轨,永远不可能相交。

第二辑
别人的丈夫与你无关

从别无选择到还是别无选择,剩下的是让你一生都受用不尽的空荡荡的自由,至少,我多了一对飞翔的翅膀。我对天空说:爱你。

婚姻中的一个早晨

*

在开始这篇小说之前,我有必要向你们坦白一下我的背景以及我的生活现状。我个人认为,如果没有他们就没有现在的我。这对你们而言,无关重要。因为我们从来不曾相识,可能在路上擦肩而过,可能因为那天心情不错,还像熟人似的打了个招呼,仅此而已。我对你们而言,就像城市里一幅活动的风景在城市固定的风景中飘来荡去,时隐时现。你们也不例外,你们关心我还不如关心市政府广场的太阳鸟多,我也不例外。至少我们能记住太阳鸟的长相,可能有的还在那下面拍过照片,因为它是我们这个城市的吉祥物。这没有错,一丁点儿也没有。很简单的道理,不说你也明白。

许多年以后,我走在太阳鸟居住的城市的街道上,感到无比的骄傲和自由。

看过《百年孤独》的人肯定不止我一个,我就听到不止一个人在称赞它："许多年以后——"给我们留下了不可磨灭的印像。"王小三走在街道上"，这一句就像白开水一样，充其量你给它注上个时髦的名字"纯净水"，还是一样，平淡无味。我试图引起读者的高度重视，但极有可能事与愿违。

站在马尔克斯的《百年孤独》面前我感到无地自容。看在我们都无比崇敬马尔克斯看在我们都热爱文字的份上，请原谅。你们肯定知道我指的是什么，没错没错，就这样吧。

一九九八年八月末，大约是王小三辛勤培育的爱情硕果再一次经受考验的日子。在王小三眼中"爱情"的含义有很多，总结出一条就是看不见摸不着。完全是两颗心凭着感觉去感觉，最终产生出的感觉。难道你不这么想么？肯定还有许多遗漏许多不足有待你去感觉。

还说王小三。

和许多女人一样，王小三肯定不希望自己苦心培植的爱情之树只开花不结果。翠绿的枝叶鲜艳的花朵相互衬托看上去固然美丽，可花儿终究要凋谢叶子终究要枯黄，他们都渴望果实。

在所有人的心目中，爱情之树最丰硕的果实莫过于婚姻了。在相爱人的心中，叫做归宿的终点充满诱惑力。令人无限神往。王小三艰难地抵达了那一站。她的身体变成红旗在站台上迎风飘舞的样子她永世不忘记。那个时候，她完全可以这么想：漂泊不定的旅程终于在有形的家中画上了圆满的句号。

王小三搞不清楚那东西为什么要来，冰冻三尺非一日之寒。这是什么呀！

童年时的王小三和现在的王小三肯定不同。这不是废话吗。就好比人要拉屎要吃饭要穿衣要睡觉要有七情六欲一样，用得着说的事儿吗。

其实你也看出来了，我不会写小说。尽管我日以继夜地搜肠刮肚在预谋并且试图把日夜所想变成文字砌成一堵墙，然后给它起个挺小说的名字，然后靠着他。继续想念继续砌墙继续继续——

再犯一次。

许多年以后——

我踩着东倒西歪、死气沉沉、排列无序、随风起舞，像一群醉汉似的落叶在心里高唱着我刚刚学会的那首青藏高原走在无比宽阔的人行道上。那肯定是秋天，树叶簌簌而下。我搞不清楚那绿色的东西为什么要来，就如同搞不懂那红色的东西为什么要去一样。当那个以一张纸，优质的纸命名的家陨落在蔚蓝色的天空下粗糙的空气中时，在这个繁华喧闹的城市里，我连一个能叫出名字的亲人也找不到了。

你不必为我难过，为我担心。太阳正以它无比灿烂的光茫照耀着我呢。

在路上，风带着尘土的气息轻拂地掠过我没有表情的脸。在那种时候，我很自然地想到童年，想到长眠不醒的父亲，想到轻飘飘的旧时光里他温热的胸怀和笑眯眯的眼睛。十六岁以前的日子里他始终以无怨无悔的姿态让我随便靠成千奇百怪的样子。

是的，我不相信，他会离开我。十六年的时间对于父女来说，它太短暂了。短暂得让我没有时间用自己挣的钱给他买一瓶酒；哪怕是用这世界上最廉价的酒温暖一次父亲在冬天里冻得冰冷的笑容；我不相信，父亲去世十年后我又面临了无所依靠的局面，不同的是换了个角色。我一度把他当作父亲那样去依赖，可他一开始就告诉我没有人愿意像父亲那样爱我。我进一步绝望但这并不妨碍我进一步爱他；还有一个不同是，十年前父亲走时没有征求我的意见，就像季节的改变一样，你愿意不愿意是你的事，他自然地走就如同他自然地来。你拒绝不了也挽留不住。他是征求了我的同意，极其法律极其人道地，我走了。还有一个不同是，父亲走了，即使给我整个世界也找不着他。他呢，我什么时候想见他只需要拨一个八位数号码，如果他愿意的话，只需二十分钟（步行）的路途。

从别无选择到还是别无选择，剩下的是让你一生都受用不尽的空荡荡的自由。这样挺好。

至少，我多了一对飞翔的翅膀。我对天空说：爱你。

在那个秋天的午后，无所事事的王小三牵着自己无所事事的影子游动在自东向西的马路上。沿着宁山路像一只自由的鸟穿过著名的北陵大街，然后是著名的黄河大街，再然后是一条又一条著名的无名大街。

阳光的温度悄悄地发生着转变，如血的夕阳告知我黄昏来了，我的影子至今已下落不明。我不知道是在哪一条著名的街上与他走失的，就像不知道是在哪一个无名的地方错过了他一样。肯定是在秋天来临之前：一天？两天？一个月？两个月？一年？或者更多？真的那么重要吗？别这样问我，求你了。可是，我想。

我会努力使我的叙述接近小说，这需要你们的配合，你们知道，他对我很重要，我希望通过他们把我变得重要，我很孤单也很寂寞这你们知道，需要有人关心有人注意这你们大概不知道，我一天天地上街，一次次地穿过本市最著名最繁华的大街，打扮得像模像样试图引起某人的注意，可时间一天天地过去，什么样的注目礼我都接待过，什么样的目光我也留不住。你们拥有自由的双眼完全可以问心无愧地使用它，我无权过问为什么是这样而不是那样也无权干涉为什么要这样而不能那样,这是我的自由,诸多种自由的一种。最微不足道的一种。

不谈自由。

小三从丈夫的家里跑出来,那时灰暗的天空正飘着蒙蒙细雨。跑进雨里的小三渐渐放慢了脚步,她看见了离她很近的火车站高大的楼房背影,想到了她要去的离她很远的那个城市的名字。

清晨,小三在睡意朦胧中听见床头柜上的电话发出急切的尖叫,她伸手去拿话筒。她刚刚喂了一声,就听见咔嚓一声,话源被切断了,一片盲音灌进小三的耳朵。小三睁开眼,她知道他肯定也醒了。他抬了抬沉重的眼皮又急忙合上,眼珠在肉皮的包裹中小心翼翼地蠕动。他仰面躺着,两只手盖住肚子下面的地方,好像怕什么东西会被抢走似的。小三了无睡意,她感到胸口像压着一块石板,闷得难受。这个清晨,阳光没有在应该出现的时候透过窗帘,照射屋子。

小三注视丈夫平坦的脸,很久。她开始起床,穿衣服。她找出已经有相当长一段时间不戴的胸罩,拎在手里做出一副玩世不恭的姿态。她并不真的想戴它,确切地说,她不能忍受有形的东西捆住她的胸脯,让她时时有一种透不气来的感觉。她把胸罩(两只虚假的乳房)挂在卧室的屋顶上,一个原来用做挂风铃的钩子上，看着胸罩在半空中像个醉汉似的东摇西晃，小三的脸上浮现出一丝不易觉察的苦笑。她开始一件一件往身上套衣服。在整个穿衣服的过程中，她不时地瞥一眼装作熟睡的丈夫，他的手已从肚子下面的地方移到头部，身体也侧到了靠墙的那边。小三不能完全看清丈夫的脸，只是感觉到他不均匀的呼吸在此前已经很沉闷的空气中弥漫。小三慢慢地走近那两只倒立在空中的假乳房，这是她在这个清晨颇为得意的一件作品，她用目光打量着它，好像在看一个她心里十分鄙视的人。

　　小三在接了许多女人打来的各式各样的电话之后感到异常疲倦和烦躁。在那样的清晨或傍晚，小三什么事也不做，全心全意地投入在不可推卸的男人女人的电话事业中，这个过程一般是在卫生间里完成，至于为什么是卫生间而不是客厅也不是卧室还不是书房，小三自己也不能解释，这个清晨也不例外。小三照例走了进去，昂首挺胸，表情庄严大有一副壮士一去不复还的味道。事实上，每次王小三在做这种工作之前，都抱着一种告别的心态，她总希望这是最后一次。这个清晨也不例外。小三照例划上了卫生间的门，她长长地出了一口气。然后一屁股坐在坐便上，就再也不想起来了。

　　去过王小三家的人都知道，王小三家的卫生间和其他房间很不相配，以卫生间的门为界限走进去的人很难想像里面会是那个样子，横向并排站两个人都得靠墙，墙壁没贴瓷砖也没刮大白黄糊糊的一片，里面的人很难把这样的卫生间和那样装修讲究的客厅联系起来，好在去卫生间都是为了办事，办那种事儿不需要很长时间，办完了事儿就出来，最多失望一次遂感到希望就在外面。

王小三牢牢地坐在自家的坐便上，感觉很舒服。她盯着自己的脚尖：

她是谁？
我不知道。
你不说我也知道。
知道了你还问。
为什么不说话？
不想说。
说了我也不相信。不可能总是挂错。

小三换了个姿势。她把脸埋进双腿中间，蜷成一团。不知过了多久，小三被一连串有节奏的敲击木板声惊醒。她慢慢地抬起头，看到了发出声音的那扇门。她站起身，用力将门栓拉开，门开了，她没有和丈夫同时去挤那扇并不宽敞的门，而是靠到一边脸朝着墙壁。她觉得自己在期待着什么，他匆匆地从她身过绕过,她的衣角轻微地颤动了一下,她的心也随之颤抖。后来,她就听见了两种不同力度的水冲击瓷器的声音,她的衣角再次被掀起,很快又回归原样。门被从后面关上了。

应该准备早饭了。小三想。

两个人一声不吭地走到饭桌前,坐下。刚刚冲好的两杯奶茶散发着浓浓的香气,他们都以为对方会去开餐厅的灯,餐厅的灯只好暂时关着。小厅的光线黯淡,面包片呈暗黄色铺展在他们面前。两个人看上去都缺乏食欲。

小三一边心不在焉地用匙子搅拌碗里的奶茶,一边犹犹豫豫地用小勺在碗里划着圆圈。丈夫率先拿了一片面包吃成认真的样子。

"总是阴天,昨天就没看见太阳。"小三定定地看着丈夫手里一点点变小的面包片,幽幽地说。

"昨天有。"丈夫在更正妻子。

"没有。"妻子再次强调。

"你没看见并不能证明没有。"丈夫并不相让。

不要用那种目光看着我。

好像这一切都是我的错。

我试图不想,忘了她,可每次她的电话一来,我就又完了。

"那就把它砸了吧。"丈夫愤愤地说。

"今天不出去吗?"妻子一边收拾桌子一边说。

"这就走。"丈夫的手伸向衣架。

"天,快要下雨了"。

"没关系没关系。"丈夫话音刚落,门便响了。

我的情况糟糕透了。就好像一个在生活中受到某种威胁的人,每天都在不安地等待和猜测中度日,我不能很清楚的判断那个人是谁,不过我给她起了个很时髦的名字叫"第三者"。我说这话没有贬义。我仅仅是向你声明根本不在意你是信还是不信。

早晨的电话是你打来的吗?

为什么不说话?

开始的时候你可不这样。一听到我的声音你总是急急地说出他的名字,连例行的问候你也忘记说了。那种时候,想像一下吧,我们正在床上很甜蜜地接吻或者很投入地做爱,你的电话来了,不知疲倦地响了一遍又一遍,我一边陶醉于他的温存一边拿起你的电话,于是我就听到了你用那女性特有的细腻的声音叫他的名字,我的心里有那么一点儿不情愿,有那么一点儿不舒服,我想不管你是正在待嫁的姑娘还是一个男人的妻子还是别的什么,你会理解我的。每次那个男人接完你的电话总是有意无意地躲避我。

在以后的大部分时间里我们要么一言不发,要么只说很简短的话。就像早晨吃饭时那样。

你知道我的丈夫是个文化人,有着很辉煌业绩的那种文化人。你可能知道也可能不知道,我们拥有三室一厅的房子,名牌的彩电、冰箱、电脑、洗衣机、音响,还有宽大无比的床,总之现代家庭有的我们几乎都有。每一次他看到我板起一副死人的面孔,总是说我身在福中不知福,我知道他指的是什么。总是问我你还想要什么,我说了也没用,那种东西虚无缥缈,不是能说清的。你能告诉我你想要什么吗?要到了就不再要了吗?对不起,我不该这样问你。那个男人说得没错,别没事儿找事儿。

给她的信终于写完了。我如释重负。现在是下午,雨下了又停停了又下,我一直没看见昨天你说的那颗太阳,我在想早晨你说的,却怎么也想不起来,我甚至想不起昨天我都干了什么。

这该有多么可怕,我不喜欢这样。人的情绪在更多的时刻被许多可怕的回忆和设想扭曲着,生活不时在人的心里变得灰暗、苍白和没有意义。

我努力寻找原因,它们是那么简单又那样复杂,你甚至不知道究竟是哪一种原因构成了这种现状。

我想我正在接近我们彼此间形成隔离的结点,我正在努力接近它,虽然它让人寒冷。

经历了这些事,我们之间变得缺少交流的机会,我们的前途突然变得明朗:结束或者重新开始。

在那个遥远的漫长的下午,偌大的房间显得格外空旷、寂静,王小三唯一能做的事就是沿着屋子的地角线规定的一百多平方米的地板上走来走去,她想到外面呼吸一下新鲜空气,感受一下阳光的哺育,可是她的腿好像被钉子固定了似的,怎么也走不出那间屋子。她终于不再想像情人、女朋友、妻子和电话之间的错综复杂的关系,只想结局。

可能是,也可能不是。

我的情况糟糕透了。

我也是。

就好像一个在生活中遇到某种威胁的人。

彼此。

我们得好好谈谈。

嗯。

我们得找个出路。

嗯。

我们别无选择。一开始是，中间是，结果还是。

许多年以后，王小三用肩膀支撑着稀奇古怪的脑袋，走在太阳鸟居住的城市洒满金光的大道上，她感到一种叫做感觉的东西正缓慢地从她的身上消失。

七千块

*

这是二十世纪末冬天里一个阳光明媚的日子。

对于梅来说,这一天是个特殊的日子。

对于梅一家三口来说,这一天是个值得庆贺的日子。

这个日子的到来标志着她将会得到一笔数额可观的钱,以政府的名义颁发给下岗职工的。那是对下岗工人过去兢兢业业工作的一种补偿,现实生活的一种关怀,未来日子的一种鼓励,等等。

七千块,在那些拥有豪华别墅进口轿车的生意人眼里,是衣柜里并排的许多套西服中的一件,是星级饭店的富丽堂皇的包房中一顿晚餐;七千块,在白领阶层的眼中,是一台586电脑,一枚钻石戒指或者一块浪琴手表;可是在普通工薪阶层的眼里,尤其是像梅这样一个下岗工没有一分钱独立收入靠丈夫一个月几百元钱的工资维持生活的小家庭,这七千块具有着非同凡响的实用价值和远大意义。要知道，这个数目是丈夫辛辛苦苦工作两个三百六十五天才能挣到的。

看到这里，你们已经对梅的家庭收入现实处境，有了一点了解了。这还不够，远远不够。梅既不是那种随便张口向别人借钱的女人，也不是那种靠男人挣钱养活自己又能够心安理得的女人，我这样说并没有诋毁否定另一种女人的意思，做专职太太或以别的方式依赖男人生活的人也并不总是快乐的，一个人有多少幸福就有多少痛苦，相反，有多少痛苦就有多少快乐，每个人都有自己看重的东西，都有放弃和选择的权利，在不违法的范围内，只要你自己愿意，都行。

再回到梅身上。常言道，有啥别有病，缺啥别缺钱，梅恰恰是两样全占了。两年前，就是她面临下岗还没有正式下岗的那一年，得了黄胆性肝炎，经过半年的住院治疗，后来痊愈了。这场病，花去了梅和丈夫结婚后节衣缩食辛辛苦苦积攒下的全部积蓄，最后也没够，出院的时候，她们的积蓄已经变成负数了。大病初愈之后，是需要卧床休息还要补充营养的，但由于经济条件不好，维持一家三口温饱对于丈夫来说已经感到很吃力了，再说了那些营养品的价格不菲，就是把丈夫一个月的工资全用在这上面，充其量只能保证几天，营养品是建立在吃好一日三餐的基础之上用来补充身体所缺乏的养分的，她们的日常生活水平，属于中下等，在这种情况下，梅的身体不可能得到恢复。刚出院的那段日子，梅顾不上休息，到处托熟人找工作，她的要求很简单，刷盘子洗碗筷脏点累点都没关系，只要可以帮丈夫减轻一些负担，她不计较工资多少。但她忽视了她得的是那种让人们望而却步的传染病，周围的邻居单位的工友都知道，很少有人愿意冒着被传染的危险去接近梅的，因此，梅想找工作的愿望一直没能实现。以为熟人可以帮忙，但因为熟人知道梅的身体状况，表面上说关心的话养病要紧的话，实际上在心里是怕梅给自己带来麻烦。

眼下这七千块尽管会使她在精神上失去一种长久的依托和心理保障。可实际上，这种依托已经近乎虚无了，还不如这七千块钱来得实际，最主要的是它可以帮助梅去解决眼下迫在眉睫的一个两个三个和钱有关的难题，一想到这个，梅就会愁眉不展，一想到这个，梅便会长长地出一口气。

人生就是这样，有所得，必有所失，这个浅显又深刻的道理，三十多岁的梅不会不懂。

这一天，梅醒得比平时要早许多。一睁开眼，梅就看见了躺在吊床上睡的儿子。他的一条腿不知什么时候呈悬挂的姿势搭在床沿儿上，儿子的嘴里含糊不清地断断续续地重复着一些简单的句子，都是和吃的玩的有关的孩子喜欢的一些东西。梅的心里感到了一种深深的歉疚。虽说儿子才上小学三年级，不过，比起和他同龄的孩子，要懂事得多。儿子从来不主动向她提出什么过分的要求，其实那些要求用过分来形容未免有些过分了，梅也是从孩子的阶段走过来的，她怎么能不理解孩子的世界孩子的快乐呢。尽管儿子不说，可梅还是从他不会说谎的眼睛里读到了一切，梅竟然无法满足他，无法给儿子从食品玩具摊恋恋不舍地走开时那忧郁的眼睛填充一些喜悦的成分，每当那种时候，梅只能默默地把眼神调到离儿子的眼睛很远的地方，独自难过。

前几天，梅在检查儿子的作业时，偶然地看到儿子写的一篇日记，十二岁的男孩在日记中写道：

今天，同学们又在笑我背的书包，他们什么也不说，就是笑，我低着头，我不用看也能想象出他们的样子，仰着脖子，张着嘴，呲着牙，难看死了。活像我后背上背着的那朵张牙舞爪的牡丹花。

不过，我不怪他们，换做我，看到这样鲜艳的花朵开放在一个男孩子的身上，也会笑的。

从我第一眼见到它时就不喜欢。

如果事先我知道妈妈去二姨家会带回这个的话，我一定会试着劝劝她去大舅家的。可妈妈喜欢，喜欢得不得了。赶上星期天，我休息，书包闲置一边的时候，她还背着它上街，听听妈妈怎么说，啧啧，多美的花啊，不愧为花中之王。啧啧，多可惜啊，破了个小洞，幸好不是破在花上，我可以给你找一块同色的布补一补。

我虽然背着的是二姨家表姐的书包，可我并不感激她。从开学的第一天开始，因她而起笑声一直伴随着我，我甚至于有些恨她，为什么她不是个男孩子，为什么她不让那个书包上印着牡丹花上烂一个像语文课本那么大的洞呢？

我多想有一个新书包啊。可我怎么能和妈妈开口呢。我们家太穷了。

那天夜里，梅好容易等到儿子睡了，丈夫也睡了，她用棉被堵住自己的嘴，狠狠地哭了一场。梅不是怨儿子，也不是怨丈夫，就是忍不住，想哭。

再也没有什么可挑可选的了，能够在这样寒冷的季节里穿着的衣服梅一共就有两件，一件是出嫁时娘家陪嫁的红得像血一样的呢子大衣，无论是从款式还是质地还是色彩都显得太过时了，梅曾经鼓足勇气把它穿到了大街上，梅准确地捕捉到一双双眼睛像遇见了怪物一样打量着梅，有的走了很远了还回过头，指指点点，不过针对的目标不是梅，而是先前走在梅的后头后来和梅平行再后来超过梅的一个和梅的年龄相仿的女人，女人也穿红衣、红裙、红色的高腰靴，那如火的红经过梅的身边的时候让梅身上的红狠狠地黯淡了一次，然后又一晃一晃飘过马路，钻进停在路边的一辆屁股上印着四个圈的黑色轿车。

梅佯装什么也没看见的样子，低着头，继续走自己的路，这一低头一走神一个不小心，脚下就碰到了石头，梅差点儿摔了个跟头。站稳之后，梅左右看了看，这时才发现刚才指着她的人正在用眼睛直直地盯着她看。一边看一边对旁边的同伴发表对红的议论："那种衣服，也穿得出来，死旧死旧的，活像死孩子的血。"梅又往前走了几步，突然，扭过身，朝回家的路跑去，硬挺着没让眼泪流出来。

这一次，梅可不想再出那样的洋相，尤其是在这个日子里，在阔别了多年的工友们面前，百分之百不行；那么，只剩下最后一件了，从八十年代走过来的人应该不会对它感到陌生，那是八十年代生产的绒服，不同的是罩了一个九十年代生产的新面料，这就是梅冬天里最时髦的着装了。

丈夫临出家门前，叮嘱梅："一拿到钱，就近儿找个银行存起来，不怕一万，就怕万一。"

丈夫走到门口，想起了什么，又返回来，"别都存进银行，留点,给自己买一件大衣,过年穿。颜色要鲜艳一点的。"

关门的时候,丈夫一脚门里一脚门外地补充:"今天晚上,我们好好合计合计——"

梅点点头。心想,丈夫今天怎么变得婆婆妈妈的。

关上门,丈夫走了。

丈夫真是个好丈夫,细致又体贴。梅想。

梅从厂子里出来的时候口袋里装得满满的,都是钱。厂子的对面就是一家银行,梅小心翼翼地用双手分别从两侧护着口袋,感觉着里面沉甸甸的好像随时都要掉出来的纸币的重量,小心谨慎地穿过车辆稀少的横道,怯生生地接近了银行一尘不染透明锃亮的玻璃大门。还没等梅子伸手去拉,门就自动敞开了。

梅的一只脚刚一踏进银行的大厅就体验到了一种奇妙的向往已久好像春天来了的暖融融的气氛,所有的人都对梅刮目相看,包括那些平时站在路边手握警棍威武庄严的警察,不知不觉中梅的身份一下子就抬高了,再也不是那个又穷又酸的梅了。这是梅以往走过的三十二个春秋冬夏中从来没有过的经历和感受。

梅没有按照丈夫交代的那样把钱存进银行,梅是有苦衷的。三十二岁的少妇不愿意让刚刚二十出头的年轻漂亮的出纳小姐知道她还不会存钱。她觉得那是一件挺丢面子的事儿。今儿心情不错,难得有这样的好心情,一天之内不劳而获正大光明地拥有了那么多钱,梅可不想在这个高兴的日子里自寻烦恼,一丁点儿也不想。梅在银行宽敞明亮的大厅里潇洒地走了一回,装作要找人没找到的样子,很失望地离开了。

揣着钱走路的感觉真好,浑身上下轻飘飘的,走在繁华喧闹的大街上,梅感觉自己的眼神都有些不够用了,就好像一个刚进城的乡下人,看了什么都觉得稀罕,都想摸摸,想试试,想尝尝,可真正到了要掏钱的时候,梅又开始犹豫,看来看去,想来想去,走得两腿酸疼,看得眼花缭乱,想得头都疼了,到头来,就是舍不得往外掏钱。

驻足在商店一个卖服装的柜台前,梅像个孩子似的眼巴巴地看着。"是这一件吧?"柜台里面卖服装的是一个中年妇女,她一边说着一边将手臂顺着梅的目光,伸去。在此之前她看见梅一直盯着那衣服看,已经看了几个往返了,凭经验,这是一个需要鼓励的对像,凭直觉,这又是一个不见得会需要鼓励的对像,中年女人决定试试,她用一根细竿子熟练地朝着自己手指的方向挑了一下,笑着对梅说:"相中了,就试试吧,没关系的。"

梅退后了几步,笔直地站着,她再一次把目光投过去,那是一件淡蓝色的长大衣，有点像呢子又没有呢子那么粗糙，梅猜测那是一种新面料，大衣的领子是双层的，向外翻，扣子用同样面料包成的，不多不少，三个，梅全神贯注地打量着，一边打量一边想象着那件大衣穿在她身上会产生的效果，她那张略微有些苍白的瘦俏的脸上泛起了笑容，那种许多女人见到让自己心动的衣服时都会不由自主地露出那种笑容，中年女人看在眼里，嘴角流露出生意人特有的笑容，一种可以标价出卖的笑容，"我给你个最低价，两百八，怎么样？"梅没有吭声，笑容依然在她的脸上徘徊不去。中年女人像个熟人似的把一张粉刷得有红有白的脸凑到梅的眼前，"试试吧，我看挺适合你的。"这时，梅脸上的笑容开始收敛，在模凌两可之间，她的嘴唇蠕动着，好半天才拖拖拉拉地硬挤出四个字，"我不知道？"中年女人似乎从梅的回答中感觉到了一些什么，她把从柜台里边探出来的身子和脸缩回去一些，做诚恳状看梅，"不买也没关系。试试吧，试试又不要钱。不过我敢肯定，你试过了之后一定买。"

中年女人的话终于起到了一定的煽动鼓舞功效，梅把一直插在口袋里的手抽出了一只，怯怯地，伸出去，她感觉到自己的手臂有些发颤，就这样，梅用颤抖的手碰了碰，那件大衣，就像蜻蜓点水一样，一下，踌躇片刻，又一下，就这样，点了三四下，每一次间隔的时间都在两分钟左右，只有最后一次稍长一些，手放上去之后，就像粘上去似的，拿不开了，脸上的颜色，由白一下子转为绯红，"没事，来，你再摸摸，你好好摸摸，不摸怎么知道料子好坏呢，你试试，不试怎么知道这款式适不适合你呢。我可不像他们那样卖货，什么浅颜色，非买勿动，矫性死了。不过，我看你是真的相中了这衣服。不过，大姐老实跟你说，什么衣服什么搭配，你这双棉鞋，配你的棉袄，勉强说得过去，配大衣，可不行，穿出去保准被笑话，这大衣，里面衬一件乳白色或黑色的高领毛衣，下身穿一条体形裤，体形裤你肯定有，不过体形裤必须配靴子，高帮矮帮都行，还有啊——"中年女人一门心思地审视梅的穿着喋喋不休品评，她忽视了梅脸上的那一部分，由红再度转为白，由晴朗转为阴郁，由犹豫不决转为坚定，当中年女人意识事情完全不向她努力的方向发展，准确地说正在朝着她努力相反的方向去的时候，已经无法挽回了。梅瘦弱的身体一晃一晃地消失在与那件淡蓝色的大衣最近的拐弯处。

　　本来梅想好了早就想好了要买的东西，应该给儿子换一个新书包，儿子做梦都在念叨着它，还要给儿子买一件棉袄，儿子现在穿的那件又瘦又小，让人看了之后不用问都知道，孩子穿这衣服一定很难受。儿子的单鞋也该换了，这么大冷的天儿，没有棉鞋怎么行？还有丈夫的毛衣，已经穿了六个年头了，昨天晚上，梅在帮丈夫脱衣服的时候只轻轻一拉竟将毛衣扯开了线，这一次无论如何也该换一件新的了，想到毛衣梅很快又想到外套，这年头，男人怎么能没有一件像模像样的外套呢，这些年，丈夫净是捡小舅子穿过了不要了的衣服穿，心里是什么滋味啊。还有衬衫、皮鞋——需要买的东西实在是太多了，梅有些六神无主，拿不定主意了。

没头没脑地胡乱转悠了一大圈，结果还是两手空空，但梅的心里却相反感到沉甸甸的。就像前不久，在婆婆家，吃饭时，小姑子无意中说的那句话，"许多东西就是这样，比如首饰，我有不戴是一回事；没有……"小姑子的话没说完，被他的哥哥梅的丈夫一个意味深长的注视顶了回去。梅装作毫不在意的样子，她不想使小姑子难堪，丈夫难受，但她知道，小姑子说得没错，因为她有，没说出来的那部分，梅深有感触。她没有。

看看天，已经不早了，大概有五点多钟了吧。丈夫说他今天会提前下班，丈夫等不到自己会担心的。反正钱不会长翅膀，自己飞掉，就让它在身边放着吧，揣着钱不买东西的感觉，也好。

梅从商场里走出来，迎着呼啸的北风缓缓地向北而行。她的手自始至终都插在衣袋里，尽管她知道钱不会长翅膀稍一不留神像鸟一样张开翅膀自己飞掉，可她还是用五指紧紧地攥着那两摞分配均匀的人民币,攥得手心和手背都沁出了汗渍。攥得心都不在心上而是跳到嗓子眼儿了。表面上,为了不让过路的人看出异样,还要装做漫不经心的样子,就像散步一样,慢悠悠地走,不时地朝两边看看,天知道,她心里是多么的紧张,就像一根绷得紧紧的琴弦,稍有一点触动,就会发音,发出跑了调的音。每每有人经过她身边的时候,她的心都要止不住狂跳一阵,身上的汗毛齐刷刷地立起来。那滋味,可真不好受。

她开始后悔,没有听丈夫的话,把钱放进银行,没放也就没放了,为什么不赶在天黑之前,回家呢。以致于现在,现在怎么样呢,后悔也晚了,只能硬着头皮走下去。一边走一边找一些适当的理由,安慰自己,身边这么多人,怎么会那么巧呢,不可能那么巧的,就我这穿着打扮,强盗见了不会喜欢,任他怎么看,我也不像是个有钱人的样子,这样想着,梅的心里踏实了许多。脚步也轻松了。就这样梅的心思经过一番周折调整之后还是落到口袋里揣着的七千块钱上面,这里面有两千块钱是要用来还债的。自从有病借了钱之后,她觉得欠钱的滋味比穷的滋味更难受,和人家站在一起,有低人一头的感觉,真不理解怎么会有"欠债的是大爷"那样的人那样的说法。梅觉得真是不可思议。债的事不用去想了。想想余下的五千块钱,如果能开一个小吃部就好了，至少不必为找工作的事烦心，以前开过小吃部的工友说，有四五千块钱，就成，别要求太高，工友还说，比上班强多了，自己当老板，自己说了算。转念又一想，若用这些钱开了小吃部，儿子下学期的学费从哪儿出呢，总不能再出去借吧，再说了，有谁愿意把钱借给穷人呢，尽管大多数人都知道穷人可怜，小吃部的事，可以缓缓，还是要先把儿子的学费交上，还有家里那台形同虚设的彩色电视机，想当初买的时候就知道是处理品但能看价格也便宜，现在，它已经坏到电器修理部都对它不感兴趣的地步了，只有儿子还拿它当个宝贝似的，每天晚上回家写完作业，一遍又一遍不厌其烦地开关它，希望能有奇迹发生。就像这七千块钱，很难不说它来得不是个奇迹。反正梅是这么觉得的，就像是从天上掉下来的。不给你又怎么样呢，干没辙。就像当初下岗时一样，任你一千个一万个不愿意，叫你下，你就得下。

丈夫说今天晚上他要亲自采购，亲自下厨，要好好庆贺一下，好好吃一顿，说不定此时他正带着儿子在市场采购呢，说不定他此时已经把菜买回了家，正炒着呢，有儿子爱吃的红烧肉，梅爱吃的土豆片炒尖椒，说不定还有——想到这儿，梅的肚子发出了响亮的叫声，这时，她才记起已经有一天没吃饭了，从昨天傍晚接到厂里的通知到现在，光顾着高兴了，也不知道现在几点了，不过，也用不着问别人，从身边往来的车辆行人的拥挤程度梅推断出这个时间正是下班的高峰期，梅仿佛看到丈夫和儿子期盼的眼神，在黑暗的夜色中向她发出温柔的期盼。想着想着，梅有些沉醉了，不由自主地加快了脚步。

梅居住在一群用砖头砌成的平房中，矮，旧，但很整齐。平房呈横向排列，中间夹着一条长长的胡同，白天有阳光照着，不觉得怎样，到了天黑之后，对于四十岁以下的年轻女人来说就显得有些阴森和恐怖。

在没有踏进这条胡同的时候，梅有过担忧和设想，这很正常，不这样想才怪呢。最安全的地方往往也是最危险的地方。难道不是么。

如果碰巧遇到个熟人就好了。梅不可能不做这样的设想。这是很实际的，很容易就想到了。

在胡同里遇着丈夫的工友张大力是一种偶然也是一种必然。对于梅来说，更多的是欣喜。这欣喜来自于内心寻求保护的愿望和对安全的占有。她担忧的事情终于没有发生，也不会再发生了。这时，梅一颗悬着的心终于彻底地放下了。她觉得她不能光顾着自己庆幸，以至于对张大力，他毕竟是丈夫多年的工友，连最其码的礼貌都忘了。看看张大力，他好像有心事，好像根本不在意，也正常。

"真没想到——今天晚上就在我们家吃饭吧。"这是梅的真心话,梅努力克制着心中的喜悦。

"我也没想到。大龙肯定也没想到。"张大力还想接着把话说下去,梅知道他要说什么,"这是好事儿,我们正想好好庆贺一下呢。"梅兴致勃勃地说。

这条胡同原本就不是很长,说话间,就到了梅的家门口,梅率先打开了院门,正想喊丈夫出来迎接,被张大力一个动作制止了,还没等她有任何反应,张大力已经把一个装得鼓鼓的牛皮纸信封塞到了她手里,凭感觉,好像和她自己口袋里装的差不多,梅等着张大力开口。

"这是大龙的那一份,放在财务处,已经有一个星期了,不领白不领,我替他领了,七千块……"

张大力还在继续往下说,梅的脑袋开始发胀,接着,她的耳朵便失灵了,斜倚在墙上的身体还是软软地顺着墙壁滑了下去。

别人的丈夫与你无关

*

去年冬天,我发疯似地想写诗。

某一天深夜,我实在写不出诗了,我蹲在狭长的卫生间的墙角里,痛苦不堪地拨通了我的朋友,本市著名诗人潘婷家的电话号码。

与此同时,我将自己的身体再次送回到蹲便的位置上,稳稳地坐下。在这极其诗人的行动中,我的思维再次被激发得异常活跃,我甚至从我的身体中感到诗的韵律和节奏,在美妙的感觉中翩翩起舞,这是一个激动人心的时刻,我绝不能让它从我身边溜走,我用尽全身力气来排解,慢慢地,一种说不出的憋屈凝聚在我屁股中间,窒息。

夜晚的卫生间静得可以听到空气流动的声音,在正对面我自己精心设计的镜子里,我看到一张胀得像红苹果一样的脸蛋儿。她用鼓得圆圆的腮帮子向我发出沉闷的抗议,缓缓溢出的液体渐渐濡湿了墙上的眼睛，脸上的肌肉因水的滋润感觉到了一阵放松。我长长地吸一口气，用力把它们推到肠子的最底端，身体下面的器官回答是比空气还要轻的死一般的沉寂。

从白天到黑夜大便干燥的憋闷把我的胃弄得跟一个更年期的老女人一样狂躁不安，日夜搅痛，食物就像褪色的恋情让人不忍目睹。

这曾经被我忽视的一小部分在这个夜晚是摆在我面前惟一的出路。我的爱情我的诗我的快乐和痛苦都寄托在它的身上。它连接着我身体不可缺少的那一大部分，它们合作交流是否愉快直接关系到我的身心健康。这是一项不可推辞的义务。

连着几个小时我不能自制，我频繁地出入卫生间，只为了一个单纯的目的，想解决掉与屁股紧密相连的那部分越来越沉重的压迫感。结果我一无所失。

在这样艰难的往返途中，我都在寻找一些词语串起来，记录在纸上，反复地读，反复地琢磨，看看是不是诗。

潘婷，你听：

我不想给你打电话，可心思一动，就念起你的号码。

你的号码是夜空中的星星，你在亮的那一边，我在黑的这一边。

舌头像火焰一样燃烧,烫伤我想你的片片语言。你终于无动于衷。

在如此深的夜里,我渴望那样一种姿态,一觉睡到天亮。

镜子中,一只苹果裂开了条形的口子,像是要把我吃掉。

潘婷,跟我说说你的感受。

潘婷说:你——恋爱了。话音还没落,电话已经断了。

我用十指梳理头发,头发很快变得像一堆乱蓬蓬的野草,断裂的声音像魔鬼的哭喊,在夜间此起彼伏,我开始用电话机使劲敲打,仿佛要炸开一样的脑袋在有声有形的袭击中逐渐平静下来。

潘婷你并不总是正确的。我失恋了。

请允许我再强调一次,在遇到他之前,我是一个单身姑娘,一个没有受过任何心灵创伤对爱情小说情有独衷的年轻漂亮的姑娘,一个受过高等教育有知识有品味对爱情有着极强的癖好的极富浪漫色彩的女人,渴望爱情是我年轻的生命富于朝气的身体本能的一种需要,说得堂皇些是人生中一项义不容辞的伟大而神圣的义务。

我不知道这项光荣而激荡人心的事业怎么会落在别人的丈夫身上。我遇到他的时候我远没有现在这样复杂,想问题是炮筒子形的，直来直去，自我为主，火力十足。否则的话，在他那张没有贴标签注明"禁止通行""爱情留步"的脸上我不可能产生激情澎湃并且勇往直前。

我这样说的时候，我就知道肯定会有一部分女同胞对我投来理解同情的目光，还会有另一部分女同胞对我报以不屑一顾的轻视，还会有一部分女同胞对我仇深似海，一怒之下，她们很有可能将我的这篇小说撕得粉碎，末了，骂上几句难听的话，我成不了诗人是因为我饱尝便秘之苦，看在我就要憋死了的份儿上你就让我有充足的勇气保持自己的思路畅通。

我把听筒从耳边移到离眼睛很近的地方，我凝眸注视着。在这个时候，这个地方，听和看都是一样的。看比听更富有诗意。

我集中全部精力，按捺着跳得像一只兔子一样欢快的思维，时刻准备着，那个时刻的到来，我感到我的目光满含了对我此时这种情绪的痴迷和狂热。在一次次毫无保留的进攻一次次一败涂地的无助中化为乌有。

嘟——以无限超长的声音敲击着我并不宽阔也不厚重的心房，我在心里一遍又一遍地温习着往日它来临前的种种情怀。

曾几何时，在海边，我们相偎相倚，情意绵绵，默默地许下不变的誓言。你说你的家只是个躯壳，我是你这空壳中的一只小雏鸡；每当夜晚来临，你的心便要离家出走，载着我，在星星和月亮的怀抱中飞翔飞翔；你的爱就是那波涛汹涌的大海，而我就是海面上围绕着你的海鸥；你的心在遇到我之前是一片沙漠，我是你沙漠中那片绿洲。

无数个漫漫长夜，我就像守候灯塔一样驻守在我的小屋，即使是去一趟卫生间，也要把这联系我们之间纽带的小分机握在手里。它的每一响都会在我心里激起爆炸一样的兴奋。他的声音一旦在我耳边响起，就像夜空中盛开的礼花一样，顷刻间照得我眼前绚丽多彩，光芒四射。

每一次当我走进他，我的思想便会像寒冬的腊梅，在我的心灵的雪地中争相怒放，那是一种无以伦比的妙不可言的结合。

一年、两年、三年，我等得眼泪也干了，花儿也谢了，我跟他说我们是两条并行的钢轨，永远不可能相交。他坚决不承认这一点，他站在我家的地中间，把牙齿咬得嘎嘎响，他竟然说我是个无情的姑娘。他说六年前你就知道我不是单身。我已经尽力了，她不想和我分开我有什么办法。

我内心仿佛被推垮了一般无比的虚弱，我用两种极端的心思等待着他的到来,六十天了,他没有任何消息传递过来,他就好像从这个世界上消失了一样。我走遍了城市的各个角落,来隐藏自己。

我开始后悔不该和他说那样的话,其实我是想从他的口中得到相反的答案。他比我更清楚,一直以来我要的是什么,对于一对彼此相爱的人来说,得到和相互拥有比什么都重要。他偏不这么说,他说那张纸对你真的那么重要么!比我对你的爱还重要么!我咬着牙说是。现在是,以后更是!他痛哭流涕。我们毕竟夫妻一场,你就不能体谅一下我的苦衷吗。我夹在你们两个女人中间我左右为难我容易吗?跟一个自己不爱的人在一起你能想象我有多痛苦吗!你怎么就这么狠心。

这些年来,我只是从你那里了解的她。随着时间的推移,我对她的想念由模糊变得具体。老实说我想她并不亚于想你。自从你告诉我你不会主动和她提出分开以后。她就是我的命。如果不能舍弃爱的话。

那天下午我正在办公室整理我的摄影作品,急然听到一种怪异腔调在叫我的名字,还没等我反应过来,一个陌生的女人已经破门而入了。脸上的表情就像仇人相见。屋里屋外十几双眼睛齐刷刷地朝我看过来。以前只是在电影中看到过这种场面,没有想到竟然会发生在我身上。

就像一场突然如其来的暴风雨。只对我轰鸣倾泻。我不得不承认她的手法很粗俗，凭我的能力，我可以在她脸上画一个吉祥物，我可是正儿八经美术学院毕业的高材生，我能够理解她急迫的强烈的绘画愿望，只有我才能帮她实现，她就像一条长时间没有吃到食物饱受饥饿的折磨的饿狼，我有义务和责任去满足她，出于什么主义都行，总之，我没有躲避。初次见面，就甘愿接受她尖锐的指甲做笔，把我的脸当成她的画布，将鲜红的颜料尽情挥洒。那个下午我的真实的名字没了，耳边重复回响的是恶狠狠的谩骂和诅咒。狐狸精，破鞋，不得好死等等。长这么大，我第一次遭受这种待遇。她的目光就像刀子一样，彻底地划破了我内心最坚强的防线，那是我用满腔的爱铸成的,在我心中,爱,真爱是没有过错的。到今天我才明白，爱原来也并不是没有罪过的呀。我不恨她，这是她的权利，我的权利在哪儿？我理解她，谁都理解，可谁又理解我呢。我的脸因为爱而蒙受莫大的羞辱。我必须紧闭双口。泪在心中流。

工作，我赖以生存的工作，在这个混沌的下午就像秋风扫落叶一样呈现出破败不堪的景象。就像我的上司说的那样，没关系，我还年轻，换一个地方，我还可以重新开始。当然，如果我执意不走，也可以留下来，做点业余工作。当然，我没有理由不走的。

她让我获得了自由。从今后，我可以无拘无束地了。

我很想把我和他的事变成我和她的事。但我清楚，这不可能，这就是我和他的事。尽管她对我很粗暴，我还是不恨她。我说这话并不指望她感激我，宽恕我，报答我。其实我就是想说我并不是想破坏她什么。但我知道，说出来她也不会相信。

我有一肚子的话想说。

我像一只没头的苍蝇在城市数不清的无名小巷里东奔西撞，四处碰壁。后来被一个饥渴的司机瞄上了，敞开的车门挡住了我的去路，其实那时我已经走到死胡同里了，只不过我低着脑袋没发现罢了。我不知道自己在哪儿，我想我迷路了。但我不想问。我知道为什么。我给了司机五十元钱。感谢司机帮我找到了大路。一条大路直通向绿岛小区。潘婷家。

潘婷，我不想毁灭。

潘婷，我不怕战争。

潘婷，我必须要成为诗人。

我一口气说了许多话，终于好受了一些。

我用潘婷的白毛巾把自己的脸遮挡得严严实实，就像一个蒙面杀手那样，只露出两只漆黑的眼睛，我想，这就是整个世界，如果他愿意的话，这个窗口足够了，此时里面的潮水已经漫过了边缘。

他的话有些让我出乎意料，他说你现在总算明白了吧。我没有跟她说你我之前的事完全是出于对你的安全着想，是要保护你。我还是很爱你的。我还是舍不得你走。我不能勉强你非要接受我也不能再给你什么承诺。

我听得很认真，我能够感受到纱布在我的脸上是怎样慢慢地被渗透的。一条一条就像洒了盐水一样火辣辣的疼。

他说什么对我都不重要，我只要他回答我一个问题，这个问题我已经在心里问过自己几十遍了，但是从来没有这么直接地说出来，这一次我要他说。要么是彻底放弃，要么就是全部拥有。我们都知道放弃和拥有意味着什么。

他开始沉默，那天下午，他抽掉了整整一盒香烟，半句话也没有说就走了，他用呛得我们都睁不开眼睛的空气告诉我他选择了前者。我用低得不能再低的声音问：为什么？为什么！为什么。

他说这不是你所希望的结果吗。

他混蛋。

他说如果我不在乎你的话我会到潘婷家来找你吗。

他无耻。

他说我为她对你的伤害表示歉意。你要我怎么补偿都行。

紧接着，他又说他们之间没有协议可谈。

这是我的劫数。我为你们祝福。

想听听我的想法吗?

他们的关系就像一座坚固威猛的大山,我呢,我是一个勇敢顽强的战士,凭着自己年轻的心和满腔的热情不顾艰辛努力攀登,数年的时间终于没有白费,我登上了最高峰,从里到外从上到下淋漓尽致地体会了高处不胜寒的道理,没有找到任何相爱的证据,在那座我梦寐以求的山顶上,我经历了一场没有任何遮挡的暴风雪,最后就像一瓶过期的雪碧,被理所当然地当作垃圾处理了。

这一回,我终于可以跟着自己的感觉走了。

真正的诗人拒绝折中的方式。至少我是这么理解的。我知道做到那一点很难,但是我必须要向着这个方向去努力。否则,这些天闭门反思就等于是白费了。我不能让我和他说的话就像放屁一样,在空气中连臭味也保留不住。也不能让她嘲笑我空有诗人外表骨头里却是一筐陈芝麻烂谷子。其实眼下他怎么看我已经不重要了,重要是我怎样走出因写不出诗导致的便秘的痛苦。

为什么挂断我的电话,我知道你烦,当初你一再警告我劝说我不要靠近他,不要步你的后尘,我就是听不进去。用你的话说,我就是不撞南墙不回头,不见棺材不落泪。那年冬天，你陪着我，从南方城市到北方的一个城市去看他，早晨出发，傍晚到达。我如愿以偿地见到了他。他还带了一个保镖似的陪同，寸步不离地跟着他。别别扭扭地在一起待了两个小时的时间，我不得不违背自己的心愿把他送走。第二天早晨，天还没有亮你就陪我离开了。那天真冷啊。幸亏有你。你的大衣，你的围巾，都是去之前你特意去商场给我买的。在我面前，你是一个称职的姐姐。却不是一个好的榜样。

这仅仅是一个开始。这次短暂的旅行让我的心凉了一下。但是很快又被暖过来了。初战不快并没有使我停止前进的脚步。对于我一个不谙世故的女孩子来说，那点挫折算不了什么。就像在刚刚燃起的熊熊烈火中扔进了一支冰棍，真凉，但是不管用。我像一个成熟的人那样感慨，把受伤看成是一种荣耀，甚至还嫌不够呢。你说我还是年轻。我说你不也曾经年轻吗。你说我不知道利用自己的优势，你说我应该找一个政府机关的或者是企业家。我说情感的事是不以你个人意志为转移的。你说我是个青橄榄。半熟不熟又酸又涩。我听了特别得意。你叹一口气说既然我不听你的，那就走着瞧吧。毛主席说实践是检验真理的唯一标准。我信你说的。你的他和我的他不一样。你就别在我面前婆婆妈妈了。我的他和你的他也不一样。

这些话我都说给你听了不下十遍了。现在你之所以烦是因为我不能让你好好睡觉。经常半夜三更把你吵醒，给你读诗。除了给你读诗之外我还能干什么呢。我连自己的便秘问题都解决不了我活着还有什么意义呢。我吃不下睡不着我还有什么乐趣儿呢。

潘婷你可以这样对我，就算是对我曾经把你的警告当作美丽的诱惑的一种惩罚。可我实在是憋得难受，我给你打这个电话也是迫于无奈，我不能就这么干憋着吧。自从那天在你家里送走了他以后我经常就像现在这样对着空气自言自语，除了写诗之外我对什么都没有兴趣。

有时我真不明白，他算是一个真正的诗人，可他怎么这么不理解我呢。他不承认，他说他理解。写诗写不出来最憋人了，就像拉不出屎一样。他还补充说就像女人生孩子母鸡下蛋一样，区别就是时间长短问题。听听他的话，谈不上精辟但确实是准确到位。

大便干燥的滋味他不是不知道，我眼看着他的病情发展到必须得上医院解决的程度。那一天，我急得就像一只热锅上的蚂蚁似的围着厕所打转，他在里面憋得吭哧吭哧的，我在外面急得不停地跺脚，暗暗为他憋气鼓劲儿，实在没办法他才把门打开，那时我已经憋得上气不接下气了，这时候医生来了，是他的朋友找的，见到医生，我主动迎上去，弯着腰，大气也不敢出一下，那副德性别提有多狼狈了，弄得医生分不清我和他到底哪一个是患者。这还不能说明问题的实质吗。可是他偏偏不信这个。

我下定决心要做个真正的诗人给他看看，这些天我足不出户一门儿心思写诗，写了撕撕了写，纸篓子里的废纸一筐一筐地增加，我把它堆成一座山，一座里外都写满了诗句的山。虚虚实实亦真亦假。

我用全部的青春和热情谱写了一首没有人喝彩的爱情歌曲，在空无一人的舞台上，我要尽我全力放声歌唱。站在坟墓一样的山前我放声歌唱。歌唱青春，歌唱爱情，歌唱你。

十天中我没有写出一首完整的诗，我的手跟不上我思维的节拍，我一走进卫生间，不等我办事，各种各样的感觉就像光临一样，出现，等我从里面急三火四地跑出来，脑子里便又像一锅粥似的，稀里糊涂了。

大便干燥是一种难以言说的痛苦，来势缓慢，就像一次慢性自杀，不到最后一刻浑然不觉，当我像模像样地登上"不雅之堂"，摆正姿势，那种滋味真是生不如死。

这意想不到的遭遇为我提供了取之不尽的创作源泉。如果我再写不出一首像样的诗我就要疯了。

我能够管得住我自己的身体，我管不住自己的心。它总是在夜晚离家出走，就像一只没有头的苍蝇在黑暗中东奔西撞,我的眼睛跟随着它的迹象四处漂泊流浪。夜空中星星一闪一闪地眨着眼睛,我在无边无际天地间捕捉稍纵即逝的灵感。

正在做梦的人是无法想象失眠的人有多么难受。算了吧。

我正准备挂电话的时候,耳机里传出拉长了的"喂"的声音,虽然腔调有些怪异,可还是让我精神为之一振,不等对方开口,我脱口而出,"潘婷,我想你。"你猜她说我什么,"半夜三更的,发什么神经!"说完"吧嗒"一下就把电话撂了。她也太不礼貌了,连一句"你好"都不说,也难怪,正在睡梦中的人怎么能想到我这里憋了一肚子的气呢,我心里想:我就是发神经你也用不着这样,我看你是吃饱了睡足了撑的,接错了电话连声抱歉也不说,还说我发神经,我一边想一边冲着镜子做鬼脸。停了一会儿,我又把刚才拨过的电话号码重播了一遍,这一次她根本没让我说话,一开口就说:"吃错药了吧!你!"紧接着"咔嚓"一声又撂了电话。她撂我也撂。我才不怕她呢。

我怀疑是不是我的记忆出了问题,那个号码确实是潘婷的,几天前我们才通过话。但她真的不是潘婷,我的耳朵向我发出了肯定的信号。

我的屁股坐得都有些麻了,我得动一动。

我决定把写诗的地点转移到卫生间。经过了多次尝试之后我认为这个想法非常富有想象力。

那天我起得特别早，满怀信心地跑到离我家十几里路的旧货市场上，皇天不负苦心人，经过我多次的寻找我终于发现了一个最适合我用的小方桌。我用准备好的尺子量了一下，不大不小，放在卫生间里正好。颜色和棺材的颜色一模一样，不朽的绛紫色，我喜欢。价格也很便宜，老板很实在地说今天早晨再卖不出去我就打算扔了。既然你喜欢你拿走算了。那怎么行，我给了他十块钱，然后像得了宝贝似的，乐得屁颠屁颠的，最后用比方桌子多一倍的大价钱把它运送回家。我觉得没什么不值的。

回到家里，我一边背诵着顾城的诗一边开始了安装工作。眼见着工程结束的时候，电话响了起来。卫生间给了顾城的眼睛，我在用它寻找声音。

我操起电话。我说嗨——你好。她回哎，是个女的，声音有点耳熟。想不起来了。她一字一顿地说：你——是——谁！我心里想，你是谁，我招你惹你了你凭什么像审犯人似的跟我这样说话。我说：我是我。她说我知道。你就是那个勾引我丈夫的狐狸精。我想知道你还问。我说你打错了吧。她说我家电话上显示着，你不是6887888吗。我说没错你既然知道号码还问我是谁。你是不是没事找事儿。她说前天晚上你深更半夜不睡觉往我家打电话肯定是找李五更。我说那天晚上说我神经病的原来是你啊，我找潘婷，我打错了。对不起。我不认识李五更。她说你用不着跟我装糊涂，我警告你从今后少打我丈夫的主意。我想我再跟她说也是白说就算她说的是吧。我说我同意。我可以撂电话了吗。说完我就把电话撂了。

刚开始觉得有点生气，后来想想，也能理解。谁让她是女人呢。诗人不和女人一般见识。我重新回到卫生间，寻找顾城的眼睛。

大约过了半个多时辰以后，电话再度响起来。不知疲倦地响了一遍又一遍，震得我神经跟着铃声的节奏跳得跟迪斯科似的。我猜没准儿又是刚才那个女人打来的，我根本就不认识李五更，我怕她干什么。就这样，在铃声响到第五次的时候，我拿起了电话。他说喂——不是她，是个男的。我说哪位——他说请问你是哪位。我说请问你找哪位。他说你这里还有哪位是女的。我说我这里暂时只有我一位是女的。你过几年再打吧。他说你误会了，我不是那个意思。是这样的，我老婆说前天夜里你这个电话有一个女的找我，我说我没见过这个号码，她不信，非让我给你打个电话，验证一下。我是听老婆话，跟党走。老婆你说对不对啊，我没有撒谎吧，我跟你说过我跟她早断了，你不信。这回放心了吧。哦，小姐，

约会后的一声叹息

对不起,刚才我是和老婆说话,忘了挂电话了,多担待多担待。我挂电话了。我没说不同意。真正的诗人不参与家庭纠纷。

白天给了我明亮的眼睛,我却用它寻找黑暗。太棒了。

我依然坚持不懈地在为成为诗人做着最后艰苦的努力。两个月中我写了上几百首诗,并且不惜花费与我的收入很不相称的打的费电话费酒水费还有不可预见的感情投资费邀请诗人朋友潘婷为我的诗做技术鉴定。

要知道我对诗的鉴赏力仅仅局限在朦胧诗中几个朦胧的句子中,条件还必须要和爱情有关。在这方面没有什么值得炫耀的。尽管我曾经深深地迷恋那种感受,也曾经在心里默默地跟自己许下誓言:青春诚可贵,感觉价更高。现在变了。

潘婷直言不讳地拆穿了我伪装了数月的秘密。

你的目光稳重而坚毅,你的表情苍茫而严肃,你的动作扑朔迷离,你不是要结婚了吧。

潘婷说得没错。我这次来就是和她告别的。我的他比我父亲小五岁,他说他会像父亲一样爱我。这正是我眼前急需的。他年轻时也喜欢写诗,他说他会把我当成自己的学生来教我。我写诗的问题也解决了。最主要的是他并不在意我过去曾干过违反《中华人民共和国婚姻法》的事。他说诗人就是应该知难而上,应该冒险,应该与众不同。我们是在网上认识的。很现代吧。

这时,我看到潘婷的秀发在椅子里缓缓上升,升到了不能再升的时候,她的身体朝我这边移动过来,我知道她要什么,我早就已经准备好了,我替她点了一只烟,像模像样地吸了一口,又吐出来,恭恭敬敬地献上去,她意味深长地看了我一眼。结果是,竟然是从人的身体的那个部位排出的气经过嘴送出来的两个字:屁啊。

潘婷,你太不尊重人了,你不能因为你出了两本诗集就这样来对待你的晚辈,你放个屁也是诗,这是你亲口说的,我承认,你的屁的确能让人产生诗的想象,我也想放几个像你这样的屁,正因为如此,我不辞辛苦地思索,我还想继续说下去,不料被潘婷打断了:日落西山红霞飞,女人写诗厕所归,潘婷笑说,这叫什么诗呀,荒唐,太荒唐了。

我看到眼泪在潘婷的脸上四处飞扬,我的心中已经大雨倾盆了。这还不算完,末了,她又放出一个巨大的炸雷:你就死了这条心吧。再说,朦胧诗现在已经过时了。还是直白点好,现实点好。

潘婷就是这个样子。对于我写的诗,她只看重结果。不过,我倒喜欢她现在这种说话的方式。简洁明快直奔主题。

在潘婷给我的所有评价中,"屁"是最轻的。

不过，你这身打扮得变一变。你自己照照镜子，从头到脚黑里咕咚一竖条，眼神儿不好的还以为几根枯树枝挑起的衣服呢。一点都不像要做新娘的女人。

我可是一门儿心思地想向你靠近，我可是越来越理解你了，你说这话不就等于在我炽热的胸膛上泼冷水么。潘婷你能不能不这样，哪壶不开提哪壶。

我眼巴巴地注视着潘婷，目光中饱含了饥渴，潘婷接了杯冰水递到我手里，写诗容易，写出来好诗难，在这方面，你还需要给自己降温。

通过这一次教训，我彻底明白了。我呷了一大口冰水，潘婷，我的心已经降到零度了。

潘婷手中的香烟冷静迷茫地向上升着。

窗台上独立的文竹一下子变得很虚幻。

潘婷还在继续。

过了一会儿，潘婷从柜子里拿出了两样东西。户口本，还有一张照片。在婚姻的那一栏儿写着：未婚。一个老年男人温和慈祥的笑容在照片上经久不衰。

整个下午潘婷都在摆弄它们。

我什么都没说。存在的必然有道理。

那天下午，在潘婷家度过的那段时光，屋子里安静得好像没有人一样，我和潘婷各自忙着整理自己的心事。不时地把目光投向窗口，阳光依旧明媚灿烂。

傍晚，夕阳西下的时候，我没有和她打招呼，悄无声息地收起那一大堆诗稿，悄无声息地消失在她空旷的房间，越来越拥挤的回忆里，走了。

在以后的许多个日子里，我拼命地抗拒着遭到她残酷打击的成为诗人的崇高幻想，用力地投入全部的身心去抚平那种跳跃性的思维给我的生活带来的诸多不便，力图改变一下最近一段时间严重困扰我的便秘问题，据美容专家讲，便秘可以使人发胖，长斑，植物神经功能紊乱，必须尽快调整，否则必会留下无穷后患。

我根据自己的实际情况，所采取的做法操作起来很简单，就是要让自己在上厕所的时间里重新变得成熟而有条不紊，别去想那些让你紧张让你沉重让你沮丧让你忧虑的事情，尽量让自己放松，心静如水，这种稍微有那么一点强迫意识的意识很快就收到了良好的效果，理性使我大便畅通无阻。

以后的许多个日子，如果没有什么异常的话，我在一天中可以享受一到两次的畅通无阻。它带给我身心上的快感一次又一次冲刷着成不了诗人给我造成的沮丧，为了这曾经的痛苦我打消了成为诗人的念头，诗可不是谁都能写的，相反，屎可是谁都要拉的,那个东西可是人身上一个很重要的排泄器官,让它畅通无阻这是人活着必不可少的一件事,一个前提,想想看,你可以没有爱情也可以没有婚姻还可以没有孩子你可以不写小说也可以不写诗还可以不爱别人的丈夫,可你总是要大便吧,说得通俗些就是拉屎,可人活着总不能就为了拉屎吧,说得没错,一点没错,就好比人活着不都是为了爱情一样。

爱情得建立在大便顺畅的基础上。道理很简单,你一天到晚拉不出屎,还有什么心情去爱情。在大便畅通无阻以后的许多个日子,我又开始全副武装投入婚姻这项在我看来非常伟大非常神圣的事业中了。

不可一试

*

穿着很讲究也很有品味的女人从车上走下来,她的一只脚刚一触到地面,整个身体就像腾云驾雾一般,轻飘飘的,环绕在她颈间的滑得象丝一样的长丝巾在长长的月台上随风逆行,撩开一双双在旅途中一度昏昏欲睡的眼帘,女人尽量把步子迈得稳重,可她还是感觉到从她身边穿梭不断的人流的缝隙中硬挤出千姿百态的目光,他们像是在浏览商品一样,追寻着她,观赏着她,目送着她,女人的心里顿时感到滋润。在那一刻,她不知不觉地忘记了自己已经是一个中年女人,而且是一个有丈夫的女人。

女人下车之后没有立即回家,她在车站的广场定定的站了几分钟,然后飞快地从皮包里掏出一个袖珍的镶嵌着红壳的手机,熟练地迅速地拨了一个八位数的号码。女人凝眸注视着话机上的显示屏,两片肉色的嘴唇中央裂开了一条细微的缝但是瞬间又关闭了,女人全神贯注地倾听了一会儿,等待了一会,女人在回忆着什么,琢磨着什么,稍顷,女人迈着从容不迫的脚步,顺利地横穿了她住了八年之久的楼房侧面一条宽敞畅通的大马路,向附近的一个装修豪华高耸入云的庞然大物走去。

马路两旁树立着一排排笔直的街灯,就像情人的眼睛,朦胧中散发着啤酒般醉人的光芒。女人走得很仓促,女人的脚被一个类似于石子的硬块绊了一下,女人看也没看,一脚就将它踢开了。她的动作非常洒脱,非常利索,就象足球运动员精彩的射门。在温柔的夜色笼罩中,女人找到了原先走路的感觉。

女人的身体慢慢悠悠地接近了那幢高大的建筑物,在闪亮的灯光照射下坦然地走进了那扇全天24小时开放的门,女人驻足回首的时候,她的嘴角忽明忽暗闪烁着一种神秘的莫测的微笑,女人的身体在上升,女人的心也在上升,女人沉浸在上升带给她的愉悦中,女人感到一种久违的陌生的快感,正在她身体周边的环境里生长,蔓延。

男人以为女人会打电话的时候电话铃果然就响了起来。那时男人的晚餐刚刚开始进行,两个馒头,两盘咸菜,还有一点剩菜。男人拿起馒头,咬了一口,正要夹菜,听到声音,男人立刻放下了，一边大口地吞咽着，一边急匆匆地从小餐厅里跑到客厅，一把操起电话：

"喂，"

"喂——"不是女人的。

"你好。请问你找哪位？"男人调整了一下刚才接电话的姿势，声调平和地问。

"我不好。李文，你妻子在家吗，我想和她说两句。"一个醉醺醺的声音。

"她昨天出差了，你打她的手机吧。"男人的眼里滑过一丝不悦，想到对方喝多了酒，也就没多计较。

"我错了，从头到尾都是我错了。"

"我不认识你。对不起，我要挂电话了。"

"别，哥们儿，你跟我说你是不是男人，是男人，你就先别急着挂电话。听我说两句，就两句，我跟你说，说实话，我都要憋死了。"

"行，我不放，你说吧，我听着。"

"下辈子，我要做个快乐的单身汉。"

"我没有钱，这她知道，可她非要我给她十万块钱。"

"知道吗？兄弟，她说要想不离婚，就得答应她这个条件。这么多年，我的工资都花在她和孩子身上了，现在要我上哪里去找那么多钱啊——"

"臭娘们儿,怎么这么狠心,孩子也不要啦?"

"喂,你怎么不说话呀!你是聋了还是哑啦?"

"算了,我找错人了,你是饱汉子不知饿汉子饥——"

男人放下电话,对着电话咕哝了一句:"我看你才是饱汉子不知饿汉子饥呢。"

女人不在的日子里,男人感到非常孤单,主要是在夜里,男人把男人强壮的身体放到沉睡已久期待已久的空荡荡的大床上,在柔软服贴的丝棉被覆盖下的男人,一下子就想到了女人,那种时候,男人的心里就会涌起一股既柔软又坚硬让人荡气回肠的激情,这种激情沿着床铺展开的深藏在女人身体里面的道路上,任意驰骋,任性地游。那种感觉,弄得男人从里到外,不自在。

在那样的夜晚,那样的时候,男人甚至听到了女人克制的呻吟,从遥远的地方传来,有时真切有时模糊。正对着床的墙壁上挂着女人放大了的黑白分明的艺术照片,黑暗中,男人感觉到女人并不像照片上表现出来的那样分明,男人的心隐隐地感到了一丝丝疼痛。男人闭上了眼睛,他很想睡着了,什么也不去想,可是男人的脑子里,乱七八糟的,什么都有——

男人以为女人不会打电话来的时候,电话铃又响了起来。男人很不喜欢在他写字的时候有人打扰,这个时候,他想,如果女人在就好了。想到女人,男人写东西的思路被打断了。电话铃声响了一遍又一遍,好像已经准备好了要一直响下去。男人有些不耐烦地拿起床头的分机话筒,"喂!"男人没好气地吐了一个字。

"喂?请问这是李立老师的家吗?请问,他在家吗?"一个年轻女人的声音,娇滴滴地问。

"我就是李立。请问你是哪一位?"

"哟,李老师,谢天谢地,总算找到你了。我前一段时间还给你家寄过我的照片和诗歌,我忘不了那次笔会,夜幕,海浪,沙滩,你的话我至今不能忘怀,怎么,这么快你连我的声音都听不出来啦。"

"什么诗歌、照片,我怎么没收到。"

"李老师?"

"哪里,哪里。"

"李老师,你———一个人在家吗?"

"哦,是,哦,不。"

"哦,我明白了,说话不方便,是吧?"

"哦,我——"

"不用解释了,我知道,你们男人都这样,在外面表现得像个英雄，天不怕地不怕的，其实啊——"

"真对不起。我让你失望了。"男人知道女人接下去会说什么，男人没等女人把话说完，率先扣上了话机。扯掉了话机上的连线。

男人下意识地把手腕举到眼前，看了一下表：凌晨一点三刻。

男人觉得自己挺不男人的。至少他应该表现得更好一点。

男人的目光在黑暗的房间里搜寻了一番，之后，男人找了块布，不大不小，正好盖住了那张白得像纸黑得像墨的脸。

年轻的时候，男人和女人在同一所大学读书，女人理科，男人文科，男人比女人高一届。

男人长得很英俊，这从女人们看男人时脉脉含情的眼光中就可以看出来。

女人是学校有名的校花，这是男人们公认的。有很多男人或直言不讳或通过书信向女人频频表示倾慕已久的心情，这就是对当年的女人当年的优秀程度之深最好的说明。

没有爱情滋润的大学生活是枯燥无味的。几乎每一个大学生在毕业之后都会发出这样的感慨。至于能否结合，是另一码事，那得看缘份。大部分事实和资料证明，有缘无分的占多数，男人和女人的状况应该是属于极少的那部分中的两个幸运儿。

"我爱你。"女人第一次和男人上了同一张床的时候把重复了几十遍的话又说了一遍。

"我也爱你。"男人在心里说。

男人和女人在"我爱你"的感觉的引导下顺理成章地完成了他们都不想反对的事。

他们走过了漫长的岁月,经过了恋爱,结婚,唯一的缺憾是没有生孩子。他们都不想要孩子,至少在刚开始的两三年时间里男人是这么认为的,女人没有什么异议,那就意味着女人很乐于享受二人世界。女人曾经表示过想要为男人生个自己的孩子,女人当时还说了很多奇怪的话,男人都忘了。男人正在不遗余力地创造自己的事业。女人除了工作之余,料理家务。日子过得平平淡淡。

男人在而立之年成功地创造了让自己为之骄傲的事业,男人觉得女人应该高兴才对,女人确实做出了高兴的样子给男人看,不过,男人还是感觉到女人的心里并不真的高兴。不知道为什么。

男人开始感觉到女人变化是在女人走了又回来回来了又走,就像一首流行歌曲唱得那样:来也匆匆去也匆匆。有时连招呼也不打一声,有时连简短的说明的纸条也不留一张,就像过客一样。

以前的女人可不是这个样子。

男人开始感觉到女人异常变化的时候，并没有做出什么明显的表示，他觉得自己是个男人。

男人应该有个男人样儿。不能像个女人似的婆婆妈妈，神经过敏。

男人还鼓励女人出差，难得有这样的机会，可以游山玩水，开阔眼界还可以散散心。

男人还建议女人，碰见了好看的衣服，别舍不得花钱，现在和以前不一样了。你打扮得漂亮，我看了心里也美滋滋的。

男人还向女人声称，我不是那么小心眼的男人，这么多年了，我能不知道你是什么样的人吗？

男人最后向女人表示，你不在的日子，我有很多事要做，没有时间想别的更没有时间干别的。

男人觉得该说的都说了，女人可以放心的上路了。

男人一心一意地等了几天。

男人认为女人该回来的时候女人还是没有回来。

女人就像从这个世界上消失了一样，男人有些坐不住了。下了班就四处闲逛，好像一个无家可归的流浪汉。

男人没有想到,他和女人会不期而遇在那个时间那个地点。而且是以那种方式。就像事先约好了一样。

快要下班的时候,男人接到了一个女人打来的电话,听声音,怪怪的,有一种似曾相识的味道。

"是李文吧。"

"没错。你是——"

"真让我失望,你竟然连我的声音都听不出来,我采访过你,在你家,还有你妻子,忘啦?"

"不好意思,对不起,给我点时间让我想想——"

"算了吧,不难为你了,我自己说吧,工人报的莉莉。"

"莉莉,你好。"

"我给你家打过好几次电话,有两次是录音留言,还有两次是你妻子接的,她没告诉你吗?"

"好像是说了,那一段儿我比较忙。"

"现在呢?还忙吗?"

"不,不。"

"这就好。你能到'梦来'来一趟吗?"

"什么'梦来'?"

"就是你家附近的那个,新建起来的,很高,站在这里能够望见你家的楼房。"

"我想起来了,我妻子说过。"

"1080房间,我等着你。不见不散。"

"不见不散,1080。"

女人衣装整齐地出现在1080房间,眼前一团漆黑,与黑暗对应着的雪白床单覆盖下的床上,两个肉色的身体象两条弯曲的蛇紧紧地缠绕在一起。女人一眼便认出了男人。

"和我想象中的一模一样。"女人平静地说。

从那天开始,男人再也没有见到女人。

就像做梦一样,时间过去了许久,男人自己对自己说。

折 腾

*

女人站在十层楼阳台的窗户前，一副百无聊赖的样子，目光呈放射状散开没有主张地在半空中飘浮着。

她的身体和阳台的内墙砖保持着一米远的距离，这段距离，恰到好处地保护着那种感觉。

那是一种什么样的感觉呢？整个身体像腾云驾雾一般飘起来，瞬间，嗓子眼好像被什么东西堵住了，几乎是同时，脑袋晕了，支撑着它的身体就像重感冒发烧时那样软绵绵的，胸腔就像一个打足了气的皮球，被一种发不出声音的恐惧填满了，慢慢地，这种恐惧演变成一种不愿意抗拒的想投入大地的怀抱的愿望，越来越强烈……

她下意识地向前迈了两步，如果这样继续走下去，只需几秒钟的时间她就可以同那种感觉相遇，她很清楚这种感觉的出现在完全没有保护的情况下对于她来说意味着怎样的危险。

这种时候,如果不想下去的话,就需要像现在这样,把头靠在身边的门框上,很踏实很实在的一种感觉。

天,没有像天气预报里说的那样,天空从早晨到傍晚都是灰蒙蒙的,这是在夏天的黄昏。不同的是,乌云把夕阳的色彩遮盖了,涂抹成一片阴沉沉的。

女人第一次发现自己患有恐高症是在十年前。她和他手拉着手登上当地一座很著名的山,山脚下是波涛汹涌一望无际的大海,面对着大海,她的意识由清晰走向混沌,四肢就像枯树枝一样僵硬不听使唤。脸色一下子变得煞白。当然,那一天她没有投入大海的怀抱,而是把眼睛闭了放在男朋友的掌心里。

下山的时候,男朋友用一种沉稳的腔调清晰地描述了她压抑的感觉,并在末尾认真地叮嘱她,我不在你身边的时候,千万不要登高。

那时,他们之间的爱情刚刚拉开序幕。没有人知道在这条路上,他们会经历些什么。

她的目光漫无边际地在半空中漂着,她似乎在回味着什么,在寻找着什么,她的视线掠过一片片模糊厚重的乌云,最后倾斜着跌到地面上。

在一个有二层楼房那么高宽敞度可以和正规的足球场相比的大平台上。几个男孩儿正在上面围着一个黑白相间的球你追我赶不知疲倦地跑着，跑在前面的个头儿最高，看样子大概有十一二岁吧，紧贴着他身边的是一个小个子，多说也就八九岁吧，他的头刚到大个子男孩子的肩膀。不过一看那个小家伙就知道是个机灵鬼，他带球过人的动作把对手一方晃得跟头把式的，大个子只有跟着跑的份儿却找不到起脚的机会，小家伙一边带球奔跑一边环顾四周，趁对手不注意，凌空一脚，球离地向守门员那边飞出去——她瞪大了眼睛，心里想，可不要，千万不要砸到谁家的窗户啊。还好，球落在了守门员的身后，继续向后方滚去。

也就是一个月前吧。那天傍晚，在城市的另一端，他在现场看一场很重要的体育比赛。她也在看。边看边想。

恋爱的时候，为了看一场足球比赛他把她扔在公园的路口，让她自己回家。看着双双对对的情侣漫步在园中。她有些不高兴，她觉得她在他心目中连一个足球都不如，有一种说不出的委屈。那年她才二十出头。喜欢不喜欢都写在脸上。

结婚以后，足球在她的生活中像是她的一个打不败的情敌，每周都要在她们的生活中出现，占据了每个周末，只要是有足球比赛，他的身体就离不开放着电视的屋子，屁股就像粘在了沙发上一样，就连吃饭，都要在电视机前进行。她一样一样地做好了，再一样一样地端到他旁边的茶几上，他呵呵地笑着，看也不看一眼饭菜和她，这种饭吃得全没滋味。最初的两三年里，为了足球，她让他看了不少脸色，好在他的心思都在足球上面，她的脸色和足球画面比较起来，后者显示了不可阻挡的魅力。她心里也知道，足球毕竟不是情敌。两个四十五分钟之间休息的时间她经常从另一个房间挤进来，挤到他身边的沙发上坐下。给他倒杯水，倒个烟灰盒，做些零碎的不会干扰他看球的小事。他会抽出手就像拍打婴儿一样拍着她的后背，有时也会把手指伸入她的头发深处，抚摸着，从头至尾，由里到外。

因为足球，他让家里多出了一台电视，他知道她爱看外国电影。他还知道她爱吃小食品，他经常在看球之前为她准备好各式各样的小食品。还有她平时最爱喝的酸奶。在做这些事情的同时，他并不放弃把她也培养成球迷的努力。他经常给她讲一些球星和球迷的故事。马拉多纳服用兴奋剂屡教不改，一九九四年世界杯因为这个阿根延球队未能在赛场上取得好成绩，比赛失利后一个个身体强壮的小伙子，坐在绿茵场上流泪的场面，感动了所有在场的球迷。罗西开饭店然后用开饭店挣来的钱去发展自己的球迷事业，为此和妻子离婚，还有他为自己起的名字，他戴的帽子、披风，整个装束的创意等等。

慢慢地,她开始对足球有兴趣了。韩乔生的解说不再是耳边最难听的噪声,当黄健翔出现的时候,她已经能在他身边坐满四十五分钟了。

记得有一次在现场看球,看到一方进了球之后,她立刻站起来欢呼,旁边在场的主队球迷被她的这一举动蒙住了,很快地就都反应过来了,时不时地朝她瞪眼睛,里面夹杂着明显的火药味儿,他也和其他人一样,只不过没有像他们那样瞪眼睛,而是一边不怀好意地笑着一边示意她赶快坐下,那天弄得他也跟着尴尬,她觉得挺对不住他的。

最后一次她和他一起看球是一九九八年。

那一个月,家里就像过节一样,到处都飘扬着世界杯的气息,他穿的T恤上,客厅摆放的电视机上,书房的写字台上,卧室的床上,甚至是一个小小的钥匙链,都印着高卢雄鸡引吭高歌的身影。总之,凡是体育商城里能见到的世界杯吉祥物,她都买下了,就是要在家里营造一种足球的氛围。

历经磨难终于迎来欢庆胜利的时刻。

等到比赛结束哨声响起的时候,她给他打了传呼,他没有耽搁,很快就回了电话。他说他就要乘飞机离开,去很远的地方。大约需要十几天的时间。她说话的时间非常有限。她理解。她把这有限的时间用在了谈论这场比赛上面,对于他们来说，肯定够用。

黑暗降临。她的思绪绕过足球，回到身后的世界中，展现在眼前的是一个三十平方米装修整洁的小屋。经过她差不多一天的折腾，屋子里完全变了样儿。

变化主要是在她睡觉的那间屋子。

假如你以前到过她的房间，你应该有印象，不过，没去过也没关系，我可以说给你听，衣柜放在一进门靠墙的一边，正对着窗户，它可真够大的，占去了整整一面墙，现在它已经不在那里了，而是移到与那面墙相邻的原先放电脑桌的地方，床也不在原来的位置了，原先紧挨着窗户，现在它还挨着窗户，不过，床头顶在了原来她躺在床上面对着的那面墙。沙发应该说是这些家具中体重最轻的，它还在老地方，好像根本没动一样，事实上，根本不是这么回事。你现在看到的是改变后固定下来的样子，看不到这抬起落下直到最后出现这样的结果，这中间折腾的过程。

对于从没有进过这个房间里的人来说，怎么样都是新的，但是对于在这里生活了许多年的人来说，这些家具无论怎么改变，新鲜只是一阵，得来的是从精神到体力双重的劳累。

最后一次听男人说新鲜这个词儿是在一个月以前。

那个清晨,她像往常一样,轻手轻脚地起床,为了不惊扰他,她以最慢的速度洗了脸,以最快的速度整理好陈旧的思绪。随后消失在她曾经的家中翠绿色的床单上。

那一天,她在自己的日记中这样写着:

> 想到回家,我心里既紧张又兴奋。
>
> 我在回去之前给他打了个电话,他兴致勃勃地说让我有个新样儿。新的样子,是什么样,我和他从认识到现在已经十年了,我们之间熟悉得不能再熟悉,对方一个不经意的眼神不留神一个动作双方都不会错过。总之,我想象不出来。
>
> 我能知道的只有一个样儿,是新的,那就是我的面容。我想他应该能够看得到。否则我们不会冒着破镜重圆的危险又回到一起。他应该有感觉。就看他怎么感觉了。
>
> 我怀着忐忑不安的心情跨进了我们曾经的家中。屋子里到处挂满了时间积累下来的灰尘,他说你可不能还是老样子。我凝视着他,他也没变,说话的腔调还是一副居高临下的样子。我笑了笑。然后他又说你这件衣服是什么时候买的,我怎么从来没看见你穿。我说这床单颜色很鲜亮。是新买的吧。他说你能不能不这样。我真

的不想我们之间是这个样子。

  他忙他自己的事。中间他过来了几次,我开始打扫卫生。他说如果你不愿意干就不要干,一边干着一边不高兴不如不干。我想告诉他我不是不高兴,可我说不出来。没有人强迫我干,我身体不舒服我为什么一定要干。我应该有一个新的样子。

  这是我们在一起度过的最后一个夜晚,整个晚上,我们都没有说一句话。旧的东西依然存在,在原有的基础上,又增加了新的。到了早晨,我离开了。

  我想,随着时间的流逝,新的东西肯定要逐渐变旧,越来越旧,这就好比一件穿过许多年的衣服,在经常见到它的人眼里,无论穿衣服的人容貌怎么改变,衣服还是旧的。

早晨睁开眼的时候,房间里所有的景物在她面现呈现出一片即将分离的味道,她睁了睁眼又闭上,昨天夜里从眼睛里流淌的泪水使眼皮的重量比平时明显地加重了。放在枕头上的脑袋,好像一块死木头疙瘩一样,沉沦在一片腐朽了的气味之中。

  还是上街转转吧,可就在她穿好衣服正要出门的时候,沉寂了几天的电话突然响了起来。从她接电话时的表情来看,那似乎是她期待已久的声音,她握着话筒手明显地在颤抖,她的嘴巴半张着,起初好像是要说什么很想说的话但却因为没有机会开口就一直等着,直等到她放下电话的时候,她的嘴始终没有发出声音。

电话是供暖公司打来的,让她做好暖气改造的准备,房间里凡是靠墙的家具都要动。

在过去的两年中,这房间冬天里的温度从来没有超过十度,现在,她却要把那种寒冷以温暖的方式回报出来。她从心里不愿意,这不公平。

放下电话之后她的情绪变成异常烦躁。她不停地在屋子里走来走去,走了大约有十几个来回,这期间她不止一次地把手伸向电话,刚拨了几个数字就像触电一样缩回来。她打开了电脑,傻呆呆地坐了大约一个时辰,连一个标点符号也没打上,她又从桌子上拿起那本书,那是两个月前他推荐给她看的一本中短篇小说集,她用了一个通宵将它全部看完了,其中有些篇章都看了不止一遍,好多地方还用笔做了记录。

她的眼睛停驻在书的封面,久久地凝视着。留在她的脑子里是一片空白,空了一会儿,她猛地想起她前两天放在裁缝那里改的一条裤子,她锁上门,出去了。

回来的时候是中午,她的心思又回到了衣柜上,它树立在那里,成为她目前最大的难题。她用两只手的食指和中指在两边太阳穴上用力摁着,好像稍一松手,神经就会从里面蹦出来一样。

　　好久没干过这么多活了。浑身的关节好像散了架似的,活动一下,酸疼酸疼的。要知道,她已经不再年轻了,尽管四十岁以上的人不这么说,他们说她还年轻,细心的人,一定会听出来这其中隐含着的东西,他们为什么要用还呢,可这已经不错了,以后,比这更糟糕的词在后面藏着呢。

　　这段时间,折磨她最狠的就是头疼。疼得整夜整夜的失眠,半边身子跟着也不舒服,一只眼睛看东西总是模模糊糊的。

　　因为这个,前两天她去医院看了神经内科,医生询问了她的症状之后让她躺在床上,先是让她把眼睛闭上,这一项检查完了之后,又用一只小铁锤敲敲她的右脚,再敲敲她的左脚,最后,表情平静地给她开了几个检查的单子,其中有做脑子的CT单,也有做视神经的。

　　走出医院的门口正是下班的时候,路上的行人车辆异常喧闹,她趁人不注意,把医生写好的一张非常有分量的诊断书团成一个球,扔进了路旁的垃圾箱里。

　　她的视线已经由窗外转移到小厅的化妆镜上,那是她和他成家时一起选的,那时他们的经济很不宽裕,收拾完房子买完所需的大件家具所剩的积蓄已经不多。本来她是不打算买梳妆台了，可他不同意，硬拉着她去家具店选，后来她就选了这个既能当写字台又能梳妆用的组合梳妆台。已经用了七八年了。四周的木制框架都起皮了，她很仔细地用手摸了一下四周的边框，又从旁边拉了一把椅子坐下来，目光漫不经心地在镜子中的那张脸上游移着。

让我们一起来看看吧，看看她那张脸吧，两边的眼角上都已经有了细密的皱纹，不笑的时候也会显露出来，对着镜子，她刻意地笑了一下，笑过之后，她的眼神比先前更加黯淡了，昨天晚上之前还不是这个样子，她心想时间真不是个东西。衰老有时就是一夜间的功夫。

已经准备好了，可她看上去还在犹豫。问题出在她那只受伤的脚上，走路一瘸一拐的。如果这个时候有人在身边，哪怕是不沾亲不带故，看了也会忍不住劝劝她的。算了吧，事情都过去那么久了，还去想它们干什么，还不如去拿杯凉水，来喝喝，至少可以补充一下这一天体内流失的水分。就这样吧。

出门的时候，她回想了一下，从早晨到现在，她还没吃过一顿饭呢，奇怪的是她还没觉着饿，她应该饿的，也可能是饿过劲了，也就觉不出来了，可她还是去了。主要是想出去透透气。屋子里到处都是她自己的呼吸，这呼吸比起当年他们不愉快的时候,还要让人窒息。

自从她和他分开以后,她很少在家里自己弄饭吃。刚刚分开的那段时间,她也想把自己的生活过得有滋有味,每天早早地起床,骑着自行车到她经常买菜的菜市场转悠,到了菜市场,她的目光总是失去控制地落在他喜欢吃的菜上面,几圈转下来,脑袋里反复都是强调不买什么,转到最后把事先想好的要买的东西都忘得一干二净。她觉得自己挺不争气的。没有谁强迫她和他分开,他们是自愿的。

那段日子,每一次走进厨房,不由自主地,她就会想到他。是他们之间的结合把她由一个娇生惯养什么都不会做的姑娘变成了一个专业性很强的家庭主妇。

她还记得刚结婚的那段时间,为了让他吃上可口的饭菜,她用尽了心思,去挑选去准备,不知道有多少次在切菜的时候不小心让把手弄伤,最严重的一次,手里流出来的血接了半小饭碗。事后,还不敢让他知道,可他还是知道了,他像一个严厉的兄长似的责怪她。那天晚上,她哭得他都生气了才止住。当时,她委屈得不得了。现在想起来,算什么呀。

这家饭馆是她独身以后经常光顾的地方。饭馆分为露天和室内两种,露天的地方很热闹,室内,则是相反的一种景象。

她选了一张靠墙角的桌子坐下来,那时屋子里惟一的一个女服务员正在很热情地接待一对年轻的情侣。对于她的到来,服务员显出了很不一般的热情。隔着三五张桌子,向她喊了一嗓子。炒面?!她点点头。你不着急吧?服务员朝情侣那桌指了指,她们的菜多,你等等吧。她还想再加点什么,服务员已经走出了门口。

没关系的,她有时间,她正愁没什么可等呢。

那对情侣桌的啤酒喝到两瓶的时候,服务员把面端过来了,那面炒得很好看,白里透着浅黄,浅黄里露出金黄,一看就让人产生食欲。她若有所思地吃着,一根儿接一根儿,情侣桌又要了第三瓶啤酒,小伙子的脸上已经有了明显的醉意,他的手不停地从酒杯上转移到女孩儿的脸上,女孩儿旁若无人地发出夸张的尖叫。

她再一次拧紧眉头,看着盘子里好像根本没有动过的面条,她感到胃在向中间一个小点抽紧。她若有所思地站起了身,给她结账的是一个十七八岁的小姑娘,脸上覆盖着不均匀的脂粉,就像是在透明的玻璃上涂了一层薄薄的浆糊,一块明一块暗的。这把她本来想说的一句听上去很动人的话挡回去了,她轻描淡写地看了她一眼,有些落寞地,捋了一下额头散落下来的头发。在夏天,梳这样的齐耳短头发是不聪明的,遮住了半边脸,看上去,又闷又热,这身打扮,也不对,黑色，而且是长袖的，让人说什么好呢，不说。头发，她是想弄一弄的，但是她还没想好，弄成什么样子。是留成离开他时的长头发呢，还是剪成分开之后的短头发。书上说，当一个女人要把她的头发突然剪短或者留长，那就说明，她要告别以前的生活。开始一种新的生活。

留长头发需要时间，至少也得两三年。最近，她发现头发长得远不如以前快了，每次梳头，都要掉头发。

她迟疑着让脚步在地上停了又走，走了又停，怎么也没想出落脚的地方，那么，只好回去了。

回去的路是最近的，不过，她倒是挺希望远一些。

她又回到了出发时的地方。一间属于她自己的小屋。她开始洗刷自己的身体和换下来的脏衣服。然后又换上她不久前在商场里买的那套新衣服。穿戴完毕之后她找出已经很久没用过的化妆盒，在自己的脸上精心地描绘着。肉色的粉底，淡紫色的唇，玫瑰色的眼影，一切都准备好了之后。她把自己的身体靠墙放在原来放衣柜现在只剩下一片空白的地方，坐在椅子里，她怀着告别的心情看着她自己这一天硬折腾出来的新鲜感。

思索了一会儿之后，她从写字台的抽屉里拿出好久不用的稿纸和钢笔。伏在桌子上，一笔一划地写着：在这个世界上，我已经被宣判了死刑，给我看病的医生说我最长时间能活半年。我再三思索，选择了以这种方式来与你们告别。

没有想到天气真像天气预报里说的那样，变化得太快了，就是一瞬间的功夫，窗外的那个世界已经完全地变了样。一道道眩目的白光从眼前黑暗的天空滑过，几乎是同一时刻，倾盆大雨直泻而下。

暴风雨来势汹汹，一副不把这世界搅得天翻天覆绝不罢休的架式，对面的楼，闪烁的霓虹灯，在狂风暴雨交织而成的帷幕后面，一时间变得面目全非，狰狞恐怖，就像一个怪物从天而降，不时地发出震天动地的怒吼。

此时，窗帘早已被风卷到外面去了，那可恶的风还在做着把它卷到更远的地方的努力，它柔软的身躯在忍受着风的推、拉、撕、扯，她眼睁睁地看着，她最心爱的花瓶从窗台上打了一滚，落地，无声地破碎，她突然想到了阳台的窗，她跑了起来，阳台的地上全是水，粗大的雨点交织在一起，仗着风的力量，从敞开的窗口扑进来，就像一个泼妇似的，不问青红皂白，在她脸上身上又撕又打，既蛮横又不讲理。

她伸出手臂，使尽全身力气将那扇窗户向另一侧拉，随着一声强有力的金属撞击金属的声音。窗户关上了。

这下好了，风进不来了，雨，自然也进不来了，她逃也似的回到地中间，她用一只手使劲握着另一只手的一个指头，嘴里倒吸着凉气。是的,刚才她用它关窗户的时候夹到了手指,她似乎想以此来减轻疼痛,可她的表情告诉我们,这样做没用,她开始跺脚,她想用一种疼痛来减轻另一种痛吗,这样做不失一个好办法,但是,说实话,她什么也不想,她疼得什么都想不起来了。她的脚趾头包着创可贴的地方渗出血来。

窗外的风还在刮,雨还在下,她的膝盖弯曲到不能再弯曲的时候,脸便贴到了膝盖上,她趴在自己的腿上,呜呜地哭了。像个孩子似的。一边哭一边在心里数落着。

她能感觉到自己的整个身体都在发抖,耳边回响着天与地碰撞接触发出的声音。

她觉得这样哭一哭很舒服。

雨水,顺着窗玻璃,疯狂地流着。

过了很久,风不再刮了,雨也不再下了。屋子里又恢复了先前的安静。她把头抬起来,现在几点了,她心里寻思着,管它呢,她的表不在手腕子上,放哪儿去了,可能是在卫生间的窗台上,也可能是在小厅里的桌子上,要不要去看看呢,她动了动身子,脚趾头却疼了起来,钻心地,她嘶嘶地吸着气,管它呢,反正它不会丢,下午她还看来着,那是几点,她使劲地想,想不起来了,真的丢了又怎么样,她丢的东西还少么,首先是时间,接下去还是时间,除了时间之外还能有什么,丢的是时间，剩下的还是时间，能够保存的只有记忆。

她的手落到刚刚开头的信纸上，她把想了无数遍了的话又问了自己一遍：已经想好了吗？

她换了个姿势，依旧坐着，凝眸注视着平伸出去的那只脚，在第二颗脚趾头上，我们可以看到一块纱布，单片展开，有点朦胧，但绕了几圈就不朦胧了，外人是看不到的，只有她自己知道里面是什么样子。

你知道我喜欢小孩儿，可是那时我们的生活太不稳定。户口，房子，工作等等。都悬而未决。

现在，一切都解决了。你应该庆幸没有孩子。

你应该知道我对你的感情。不知道为什么，我们之间，始终没有找到彼此能够畅快呼吸的通道。我们因为这个不要孩子，我们因为不要孩子经常这样。我们因为爱而负担超重。我们因为负担超重走到了今天。

不要再说了。这些话已经说过无数次了。

可是我不明白我们为什么总是这样。

不久前，我们同时面临着同样的难题。我们已经清楚地意识到，在我们通向彼此的路上，我们已经走投无路了。我们每天都在承受着相爱却相互折磨的痛楚，为此，我们付出了比常人更高的代价。却没能留下哪怕曾经让我们最为不屑的东西。那张曾经最有分量的纸突然间变得象一缕空气一样，轻飘飘的，每天二十四小时在一间房子里，哪怕是在睡觉的时候，也能感觉到对方不快乐的心思，即使是在睡梦中，也能体会到这种说不出的疼痛和压抑。

我们不敢提及过去的事情，也不敢打破现在沉默对峙的僵局。似乎只有分手，才能缓解、稀释我们之间多年来积攒下来的紧张空气。使我们都回到曾经离开多年的路上。无拘无束地像个普通人一样的生活。

我们因为爱情走到了一起。各自远离了生养自己的故乡，聚到一个举目无亲的城市，从住单位的宿舍到租最廉价的房子，从楼梯口捡拾别人家扔掉的废弃板凳到去家具店选，这期间我们历经了各种各样的周折。一步一步摆脱了物质生活的拮据，过上了不必为吃穿发愁的日子。为了爱，我们不遗余力地施展自己，能想到的方式方法我们都试过了。事实不止一次地告诉我们，我们不能提的话题越来越多。只要我们交流，我们就无法逃脱这个结果。每次开口说话，条件反射，就会想到对方会不会不高兴。因为说话引起的伤害就像刀子一样，在我们一起走过的岁月里留下了不可磨灭的印痕。那种伤害深入骨髓。那种对立的情绪任何一次轻微的活动都会在对方的身体里引起全身的震荡。它们看不见，摸不着，却能汇入你的血液，使你全身燃烧或者沸腾。

因为伤害，我们连表达的勇气都失掉了。

在以婚姻的方式居住在一起的最后几天，我们特别的平静。

那几天，屋子里除了两个人呼吸的声音，在必要的时候，一些器具的碰撞声之外，很难听到说话的声音，没有交流，只有通告和提醒。

今天真够倒霉的了。不过，能怪谁呢，看看这两条腿吧，一块两块三块四块——哎呀，数什么呀，不就是磕了点伤，又没破皮，青一块紫一块的不按的时候又不疼，算个屁呀。哎，她怎么开始说脏话了呢，她没说，只是在心里想的，她想替自己辩解么，哟，你看她的脸红了，就像许多年前她第一次见到那个男人那样儿，哪个男人，当然是后来成了她的丈夫再后来又成了她的前夫的那个人了。

她坐在他对面的一个小板凳上，已经很低了，可她还是低着头，两只手环绕着抱在胸前，好像怀里抱着个小鹿似的，一蹦一蹦地，好像一松开胳膊，就会跳出来似的，什么？当然不会是小鹿了，她只是打个比方，形容当时的心情——事情都过去了，过去的事情是不会回来了，还想它干吗，不想了不想了，他现在不是过得挺好么，她现在过得不是也挺好吗，安安静静的，当初分开不就是吵架吵够了，现在终于不用打了，还要什么呢？见了面打了电话也都是客客气气，什么请呀，麻烦呀，谢谢呀，什么希望你过得很好啊，从相恋到结婚到分手从来也没用过这么多礼貌用语，即使有，也都是带着那么一种酸辣汤的味道，让人喝过之后却不是酸辣汤那种滋味。

　　她长长地吸了一口气，又吐出一口气，就像吹风一样，往事在空中飘散，她闭上双眼，听往事走远，无声无息，越来越远。

　　她站起身，果断地朝阳台走去，她不再需要那种保护了，经过了这一天的折腾，使得原本不可能的事情变成了现实，感到意外的是那场暴风雨，没有想到他会来的时候，它却来了。不过从心里说，来得正是时候。没有经历的时候，是不会这样想的。

　　她想放松一下，她没有开灯，她熟悉这条路如同自己身上的器官，她径直走向了那里，她用不着和它保持距离了，她顺利地越过了能把她的感觉保护起来的和厨房阳台相邻那道门槛。她觉得此时夜色那么幽静，月光是那么皎洁，空气洗过一样的清爽、湿润。她要以一种崭新姿态去看看，那下面发生了什么，在那面墙呈九十度角的墙下面，究竟有什么，就这样，就像飞翔一样张开双臂……

你喜欢优雅吗

*

早晨醒来得并不晚,黎小黎闭着眼睛从枕头下边摸出手表,半睁着眼睛瞄了一下,才六点钟。这是在夏天,白色的纱帘挡不住黑夜,却能告诉你一个变化,天差不多已经全亮了。

新的一天开始了。黎小黎翻了个身,侧着把脸埋进了枕头。离她上班的时间还有三个小时,去掉路上一个小时的时间,早餐她不吃,洗漱化妆穿衣服正常的话二十分钟就够了。她还有一小时四十分钟。多年养成的晚睡晚起的习惯让黎小黎对早晨的时间十分吝啬。从小时开始计算然后到分以至于到秒,她都不想放过。从平衡的角度来看,这似乎是公平的,对夜晚的情有独衷的大度的贪婪导致了黎小黎在按公司规定的上班的八小时中比其他人更容易感到疲惫。赶上情绪好工作顺的时候还好,如果相反,就会比其他人增添出一些超出工作之外的烦恼。她眼瞅着就奔五十的人了，改变这种习惯随着时间的行逝越来越变得不可能了。也因此，黎小黎还特别羡慕那些离退休的人。但是她不想等到国家规定的年龄，她觉得那样太老了，她想在自己五十到五十五岁之间。

那天早晨，黎小黎在一个能并排躺下四个人的床上辗转时突然想起一位名人说过的话，爱情应该属于老年人。这是在经历了感情上的重创和打击之后依然从容的原因。

可是就在不久前，一个男人的介入，使她感情世界又掀起了一股巨浪。她开始怀疑名人说过的话，她也许等不到退休了。

小黎在半睡半醒之间，看了四次表，当她最后一次把表从枕头下面翻出来的时候，她的脸上仍挂着对床的眷恋和依依不舍。虽然上面只躺她一个人。想到这儿，她还想再想想，但是没有时间了。迟到，对于她而言，是原则性的问题。

黎小黎迅速从床上爬起来，洗脸刷牙整理床铺换上上班时穿的衣服，一切准备就绪，要出门时她看了第六次表，比以往正常的时间还提前了十分钟。就这样吧，在开门时回了回头，将要关门还没关上时又向屋内探了探身子，她觉得好像还应该干点什么，一时也想不起来了。黎小黎锁上了门。

和平时一样，大街上车水马龙，行人脚步匆忙，该堵的路口还是照堵，不该违章的车还是违章，黎小黎骑着单车一路上在几个重要的地段总是提醒着自己,小心。自从有了自己的私家车以后,黎小黎很少骑车。好在路程很短,黎小黎在地铁的存车处放好自行车,融入了等候买票的队伍。

这段路要换三次车,在第三次等车的时候,黎小黎买了份报纸。

正值上班的高峰期,地铁的车厢里,人挨着人,连呼吸都分不清,哪怕是你最亲近的人,也被混淆了。这是一个公共场所,为了公众着想,胳膊放下了,没有特别重大的事就尽量老老实实地放着,如果正赶上胳膊有用场,就尽量用着,别放下。比如说手里拿着报纸,没展开就尽量别展,第一版不看也得看,看到想看的,想往后翻也不能翻,这是在上班途中地铁的运行规则。黎小黎的胳膊肘呈110度角向内弯曲着,她的目光牢牢地锁定在报纸的第一版上。

到了公司以后,整个一上午惴惴不安,麦莎会引起的反应在她的脑海里是个谜。公司的很多人也都看到了当天报纸,对于麦莎,各有各的说法。有的说希望见到它,因为生活太平静了想来点刺激的;有的说还是别来了,最近一两年这样的事情看到的太惨烈了。已经够惊心动魄的了。还有的说,别瞎想了,该来的总要来。认为,这几种说法都符合她的内心。在她看来,命运就是由不可预知的意外来操纵的。

午餐之后,大家都去看公司包场的电影,据说是什么著名导演沉寂多年推出的又一部力作,《七剑》。武打片。对武侠片向来没有兴趣儿。她仍留守在公司。她随时都可以离开,不过,她还想再坐一会儿。

天上没有太阳,地上没有风,正对着窗的树叶绿得仿佛没了知觉。在夏天,在北京,这样的天气算不上不正常,但是,因为有预报说麦莎即将到来,这一切就显得极其的不正常。就好像在空气中安放了一颗炸弹,随时你都担心她会爆炸。黎小黎呆坐在椅子里,越想心里越不踏实,这样,她匆匆地收拾了一下,就离开了公司。

午后的时光她是在一个人的居所度过的,平淡平和平静都有,一个近五十岁的单身女人的生活似乎就应该是这个样子。

傍晚的时候,一阵电话铃声打破了屋内的安静。电话是打到座机上的,没有显示号码,黎小黎去接,她一下子便听出了他的声音,在一声"你好"之后,黎小黎说话的声音都有些变调了。言辞也有些零乱。黎小黎一边用手指捋着额头的刘海儿,一边用略微有些颤抖的声音说:你在哪儿?!对方答:我就在你家楼下,接着又说,我在等你——当然,如果不方便,我就——黎小黎嗫嚅着说:我,一点准备都没有。对方说:你家里有客人?黎小黎赶忙说,不不。对方说,那还准备什么,不需要准备。真的不需要。我就是想给你一个意外。黎小黎说，太意外了，早知道你来，我应该准备准备。对方说，早晨看完你的信息我就在想，今晚我要和你一起共进晚餐，一同等待暴风雨的到来。黎小黎觉得脑袋好像被什么东西撞了一下，懵懵的，她有些不相信自己的耳朵，这就是你来找我的目的。对方答：没错。那天晚上，准确地说是那天早晨，算了，我们为什么要在电话里说这些事儿呢，见面再说吧。

黎小黎的脸刷地红了，她的眼前飞快地闪过，那天的情形。早晨，是她的意识最不清醒的时候，不过，她可以肯定的是，他的外形，他的谈吐，还有他的举止，都给她留下了美好的印象。否则，她不会在自己生日也就是一个月前这么重要的日子把他约出来。一个女人，一个成熟的女人，能把自己的生日的这一天交给一个男人去安排，说明这个男人已经在她面前取得了很大的信任。

黎小黎飞快地整理着自己，门也没锁，便飞奔着下楼。就在这短暂的奔跑中，想到了初恋，想到了天空，草原，还有爱情……如果有时间，肯定还会想得更多，可惜，眼前的这段路太短了，许多画面还没有来得及细细体会，他就到了她的面前。他的身影，他的微笑，他的声音，定格在她的脑海里。

他伸出一只胳膊，揽住黎小黎的腰，说：家里有吃的吗？

黎小黎想说有，转念又一想，他第一次到她家，怎么说也不能就吃点简单的蔬菜吧，她自己一个人，平时可以凑合着，对他可不行。黎小黎像个做错事的孩子低下头，没等她开口，他就意会了。他的手在她的腰间，像拍打一个婴儿一样，一下，两下，停住，说，没什么不好意思的，在外面吃有在外面吃的味道，我们就在附近。黎小黎点点头，默默地配合着，表面上，她从容镇定，就像散步一样，可实质上，并非如此，她看表，其实时间对于她来说，根本不重要，她看天，她看脚上的鞋子，黎小黎的这些行为，都是在掩示她内心巨大的喜悦和激动。麦莎的到来，未锁的房门，八年单身生活对自己的许下的誓言，都在顷刻间化为乌有。

　　黎小黎从居住的流星花园出来，眼前就是一条宽敞幽深的林荫道，路上，他边走边说：今天我不时地想一个问题，一个单身女人，在暴风雨来临的夜晚之前，心情一定很复杂吧。

　　她没有想到，他说话会这么直接，一时间不知怎样回答，黎小黎的脚步在地上停顿了一下，继而又跟上去，说：是，既恐惧又渴望。挺矛盾的。

　　黎小黎说完这句话之后，马上就后悔了。恐惧是正常，渴望，她猜测他会问，渴望什么？如果他真这么问，黎小黎是说不出来的。她自己也没想到，她怎么会冒出这么个词儿来。她忐忑不安地等待着，他的下文。

出乎她的预料，他什么都没问，而是说：你活得很真实，我们之间，就应了那句话，物以类聚。这句话也许不该问，如果我不来，你打算怎么过？

如果你不来，如果你不来，我没想过。黎小黎由衷地说。

他用五指做了一个很潇洒的动作，挠头。然后，放手，自然摆动。

你平时应酬多么？他问。

很少。有几个挺不错的女朋友，偶尔打打电话，你知道北京这么大，住得最近的一个，见一面路上来回也要折腾个两三个钟头，何况都是有家庭有孩子，平时工作都挺忙的。你今天能来，我真的没想到。这会儿正是高峰期，路上很堵吧。从你那儿到我这儿，开车不堵也要一个钟头吧。

是不近，赶着去趟天津了。不过，我倒没觉得远，心近路不远。路上就一门儿心思，想见你。

前边不远处就是一个外观装饰很优雅的餐馆，门面不大，但是凭感觉，里面肯定很温馨，名字起得也不错叫"说你说我"，听上去，不像个吃饭的地方倒像个酒吧。黎小黎看到了，他也看到了，他们同时放慢了脚步。对面街上，还有一个叫"往事如烟"，他说，怎么像到了三里屯，酒吧的名字用到餐馆了。

你住的这地儿还真是别具风格，这很像你的风格。你说，是说你说我呢，还是往事如烟。

你特意过来，今晚我请。黎小黎含情脉脉地说。

这么说就远了，想都不行，现在、以后、将来，你请我可以，但是，得我埋单。就到了，快说。

那就说你说我吧。

你在这地方说过吗？恕我直言。哈哈，玩笑，开个玩笑。他一边说一边两手交叉，在胸前，然后是一个很舒展的伸展运动。

黎小黎的脸再次红了，为了配合他的调子，她略带调侃地说，如烟的往事有过，说你说我，这是第一次。别看我家离这两个地方近，但是只是路过，从没有身临其境过。

他一边推门，一边向做了个极其绅士的请的姿势，顺势而入。

里面的环境确实和外面给人的感觉挺协调的，该亮的地方都是亮的，比如，餐桌上面，悬挂着那种黄色的可以升降的灯，过道上，是餐桌的余光，零散又有次序的散落着，四周的墙壁上，壁灯散发着黄昏一样的光，淡淡的。

餐桌与餐桌之间，属于半封闭状态，古香古色的屏风半遮半掩，让人觉得到这里来的客人都是那种有些品味和浪漫情怀的人。

里面只有两三桌,他看住一个靠窗的墙角,用征询的目光看着,点点头。一个服务员手里捧着一大束鲜红的玫瑰,径直走到他面前,说,先生,这是您定的花。

是给这位女士的。服务生有礼貌地鞠了一躬,然后用双手把花送到她身前。

黎小黎怎么也没有想到,在这个熟悉的陌生的环境里,会有人给她送花。这肯定是在她没到之前就已经安排好了,太出乎意料了,太让人受宠若惊了。黎小黎着实感动。

他对服务生说,找个瓶子,倒点清水,把花插起来,不能让它干着。还有,就把它放在我们的桌子上,去吧。

黎小黎坐下,然后又欠起身,这时她已经什么都明白了,她刚想开口,他就做了个打住的姿态,说,我知道你要说什么,别说,在 S 城,太匆忙了,什么都没来得及,今天,我们重新开始。把没做的补上,在你眼里,这可能是个形式,但它对我很重要。我不是个讲究浪漫的人,不周之处,还希望女士包涵。男人,心粗。

黎小黎觉得此一时刻,说什么都显得不够,因为她的内心,已经澎湃了,而且汹涌着,说什么都不足以表达这个黄昏的心情,从电话铃的响声开始,她的心乱了,她的情动了,她的爱又复燃了。如梦如幻,却真切地呈现在眼前。那种感觉,就好像一个在沙漠里迷路的旅人,走了很久很久,又干又渴,突然间,她发现了一片绿洲,旁边还荡漾着清澈的湖水,那种干渴,那种喜悦,那份甘甜,那份滋润,只有她心里最清楚。她什么都不想说,只想尽情地享受。

第一道菜不点自上,盘子落桌的那一瞬间,他说,服务生,菜,慢点上,我们不着急,然后,又把目光对着黎小黎的脸,继续说,我们慢慢吃,一个一个慢慢品,一股脑儿都上来,吃不完,就凉了。你中午肯定是凑合的,饿了吧,来,吃点,趁热。边吃边聊。

黎小黎确实饿了,那种饿是突然之间来临的,此时,摆在她面前的,花香,菜香,人影,灯影,这一切都仿佛是为她量身定做的,有些飘飘然了,她觉得时间好像倒转了,十年,二十年,自己二十岁的时候……她彻底地陶醉在其中。

黎小黎用筷子夹起一口,放进嘴里。她觉得她应该说点什么,不是客气,也不是敷衍,是真心的,我们认识那天——时间过得真快,一晃都一个多月了。

他看着她,他眼睛在动,她的嘴也在动,停一会儿,他说,我觉得这段日子过得挺慢的,好多次都想给你打电话,后来,因为各种原因,没有,直到那一天——

那天是个意外,

黎小黎还还没说完,他就接过话茬,说,今天也是个意外。对于你来说。

黎小黎朝旁边放花的窗子看了看，看不出她是在看花还是在看窗外的风景，少顷，她说，不一样。

他紧跟着，是不一样。第一次吃饭除了你的长相和言谈举止之外，什么都没留下。没有想到，几天之后出差，竟然能再次见到你。你经常出差吗？

不，从不，那天是散心。休假，想出去转转。黎小黎做出很随意的样子。她捋了一下散落在额头的刘海。

他目光专注地说，我在车窗里，正准备下车，不经意间往窗外望了一眼，你走得特别匆忙，好像急着去见什么人似的。一晃，我以为我看错了。后来，我趴到车窗上，直觉告诉我，那就是你。尽管只有一次接触，但我对你走路的印象特别深。第一次见你就是这样。

是不是很不女人。黎小黎自言自语地说。

他用一种沉稳的腔调答，如果是，就不会有后来的事。我想你应该有感觉的。当我匆匆忙忙地下了车，走上站台，你已经不见了。我出了站台第一件事就是给你们单位打电话，一个女的接的，听她说话的口气好像跟你很熟悉，我问她你是不是去Ｓ城了，她说你怎么知道。我说你能不能把她的手机号码告诉我，她说这你都不知道。我说我找你有重要的事。她犹豫了半天，谢天谢地，她给了我你的号码。当时，我在想，可不要关机，千万不要关机，那样，我可就惨了。

怎么惨了？这一回，黎小黎是明知故问，半带戏谑地。

他一脸的严肃认真，弄得黎小黎反倒有些坐不住了，黎小黎努力做调整。

他说，你不觉得我们有缘吗？我们在北京相识，然后在双方没有任何约定的情况下在异地他乡重逢。那一眼，那一眼我终生难忘。那一刻，我就决定了，我一定要找到你。在这个陌生的城市，我一定能找到你。谢天谢地，你没有关机。

如果你不说你没带身份证，办不了住宿，晚上，我们不会住在一起。

你说这话的意思是说，你后悔了。我什么地方让你不满意，还是没一样儿让你满意，说说。

黎小黎避开他的眼神，说，那么快就，你是不是认为我……

他没有立即回答，作沉思状，片刻，他说，那是你的感觉。实话实说，我现在也不怕你笑话，我觉得慢极了，那个晚上，你设想一下，身边守着一个让你心动的女人，两张床之间只有一米的距离，听着她均匀的呼吸，我是一个正常男人。

可是你，直觉告诉我，你是个值得相信的人。你不会强迫我干我不喜欢干的事。

就是你的这种信任，让我整整煎熬了一夜……

黎小黎的脸再次变得绯红。好像喝了酒一样。

别难为情，我们都是有过感情经历的成年人，你很自重，也很自爱，我从你的目光中能够感受得到。

你想了解我吗？

不想了解还会和你坐在这里吗？

我指的是我的过去。

我指的是我们的现在和未来。

现在？

现在不好吗？

好。我觉得我的一生好像不会再有了。

是因为过去吗？如果你觉得和我在一起好，就不要再去想过去的事情，你看过"大明宫词"吗，知道长相守吧。我认为武则天有一句话说得特别好，一个人，必须学会遗忘，一个不懂得遗忘的人是不会在这个世界上走得太远的。别去想那些让你不开心的事，别去想那些你已经知道的事。小黎，你看着我的眼睛。

说着，他从对面伸出长长的手臂，用温热的手掌心在她的面颊上轻轻地摩挲着，就像一个慈爱的父亲，又像一个严厉的兄长，他的眼神，深沉又满含柔情，清澈又深遂，是那种能将人穿透，融化的眼神，面对着，注视了良久，她慢慢地将目光移向窗户。

你好像有很多经历。沉默了一会儿，黎小黎说。

我肯定不是一张白纸。他的手离开小黎的面颊,在空中停留了一下,落在他胸前,他指了指自己的心,你希望我这里是一张白纸吗?

摇摇头,说,不可能,我知道。

不过,我可以扪心自问,对于你,此时此刻,它就是一张白纸。因为你干净,你的情感线不复杂。我喜欢和你待在一起。

这一次黎小黎没有避开,她的目光主动的在那张特别有轮廓感的男人的脸上,找寻到那一点,闪烁,跳动,然后沉静下来,她肯定地说,我也是。

那就跟着你的感觉走,相信你自己,相信它,它不会让你失望的。

黎小黎张了张嘴,像是要说话的样子,他们对视了一会儿,两个人的眼神中都满含了期待,欲说还休,欲罢不能的样子。几乎是同时,他们举起了筷子,似乎是想用手中的筷子挡住未出口的在心里要出来的一些东西,从两个不同的方向,四只筷子在盘中相遇,一个夹了块儿百合,一个夹了块西芹。然后,停住,都不急着往嘴里送。

他说,你喜欢吃西芹?

她说,嗯,不过,我更喜欢吃百合。西芹百合,你怎么知道我喜欢吃这个菜?

第一次认识,在一起吃饭时,你就是点的这道菜。他说。

是吗?有几个月了吧,我都忘了。你竟然?说道,黎小黎睁大了惊奇的眼睛。

我竟然还记得。我怎么会不记得。还不止这些……

黎小黎的心又开始翻腾,从第一次见面,到 S 城的偶然相遇,从麦莎的到来,到眼前桌上摆的西芹百合,短短的时间里,他让她获得了如此之多的意外之喜,一种最直接的感受就是在这个男人面前,她彻底地体会到了,做一个女人真好。自从那个男人开车载着她的儿子在高速路上失踪以后,她的心就彻底地死了。一个年轻女人,同时失去两个对于她的生命有着同等重要意义的男人,在没有丝毫准备的前提下,无疑是晴天霹雳,她一度痛苦到绝望。在两次自杀未遂之后,她醒悟了。从宿命的角度来看,老天让她必须活着,活着去承受她应该承受的一切。生离和死别。

时间在凝视,在诉说,在等待中,不知不觉地向前行走着。身边的,桌子,满了,又空,空了,又满,然后,又是空,墙角靠窗的那一对,不知疲倦地,近距离对望着。

你不是说要出差吗?我以为你已经走了,我以为你已经不想了。黎小黎说。

如果没有你早晨的信息,我现在应该在 D 城。他说。

……

见没什么反应,他又说,一会儿,再待一会儿,我把你送回家。我再走。

几点的火车?

凌晨一点。我已经跟人家约好了,明早,必须到。

为什么不早说?黎小黎嗔怪道。

我说过了,我要给你一个惊喜。还有,我不放心,你一个女的——当然,你不需要是另一码事。

那么她呢?她不需要吗?没有想到,她竟然会向他提这个问题。

……

有些事,有些感觉,一旦上了正轨,想一下子摆脱是不可能的。肯定在问的时候就已经想到了对方可能会有诸多不便,也想到了这一问可能会把他们推到一个很尴尬的境地,但是,她毕竟不是二十几岁的姑娘,她觉得她应该问,我,真的,很想知道。

……

你不想说?

不是。

你不好说。

……

还是,你不能说。

都不是。

那是什么?

时间不多了,别瞎想,我送你回去。你,好好睡觉,明天精精神神地去上班,我到D城,有很重要的事,办完事,我就赶回来。你等着我,好好的,你可以把你想知道的,怕忘了,可以写在纸上,想什么就写什么,写什么,我就答什么。把花带上,跟我走。

就这样,跟着他走了。这个夜晚,对于她来说,肯定是不完整的,在即将出门还没有出门的那一刹那,黎小黎想到了麦莎,还想到了不久在在S城度过的那个夜晚,都不完整。她有片刻的怅然,很快地,她就感觉到一种男人的力量,当她低头时,他的手臂已经将她的腰紧紧围住,她没有反抗,经过这个夜晚,她也不想反抗,她觉得,这个夜晚已经满得不能再满,在他面前,她只有接纳和享受的份儿,时间匆匆,没有时间回味。表面上,他在送她。心里上,是她在送他。

男人总是在到家之前就准备好钥匙,女人总是在到了家门口才想起拿钥匙。

……

黎小黎还想再等等,在他的一再劝说之下,黎小黎离开了,离开之后,她没有立即回家,她走了一段,又转过身,目送着他,他的背影,她想,他走路的姿态也很好看,特别男人的那种,她目送着他穿过小区的花园,旁边就是停车场,他向着他的尼桑走,在尼桑的旁边,他转动钥匙,车门开了,少顷,一辆别克君悦在她眼前缓缓驶过,经过大门,然后突然加速,再加速。黎小黎的眼睛,突然模糊了。

怀着某种说不清的复杂情绪,回住所。家,还是那个家,就像刚刚离开一样,安然无恙。黎小黎的心紧了一下,又松开了,第一次,她将房间里所有的灯都打开,就像绽放一样。在白色,桔黄色,红色,不同光线的照射下,她穿过客厅,书房,卧室,然后,最后,走进卫生间,她打开了水阀,一个可以并排躺下两个人的宽敞的大理石浴缸,四周像喷泉一样,涌出,一寸,两寸,三寸,很快就被注满了,她没有立即坐进去,她开始在镜子面前,欣赏自己,她的身体笼罩在迷蒙的雾气中,她用手指,在镜子上抹了一下,在亮的那一块儿,她看到了一个尘封多年的自己,清晰,眼角的鱼尾纹很快被雾气遮盖了,她开始歌唱,从童年的一只花公鸡,到少年的让我们荡起双桨;从外婆的彭湖湾到洁白的雪花飘满天,从三毛的橄榄树到蔡琴那些被遗忘了的时光——水声、歌声、心声,交融在一起。黎小黎深深地陶醉其中。

时间,在分分秒秒中悄悄地流逝着,黎小黎回忆往事的时候,她好像又回到了少女的时候。激动,羞涩,期盼,惦念……就像一张网,将黎小黎团团围住。黎小黎在里面畅快地呼吸，尽情地歌唱，充分地展示，从脸开始，到脖子，到胸前，每一寸肌肤，她都不能放过。尽管她很干净，可是她还不满意，脖子上的那两道横纹是怎么也抹不去了，肚子上，微微隆起的脂肪，也肯定是回不去了，那还有什么呢，太多了，有那么一刻，黎小黎黯然神伤，她希望这雾气永远不要散去，可以让她的心持久地待在她想待的地方。

黎小黎开始感觉到胸口不适时，她就已经预感到了什么，她对自己的身体还是很了解的。她开始用干浴巾擦拭身体。一边擦拭一边想，老天不会这样对待她，她的心沉寂了那么多年，等待了那么多年，怎么会这么快就消失。她抬头，此时，她看到了挂在挂勾上的睡衣，那是他送给她的，不知为什么，她不好意思穿，即使是她一个人，也觉得不舒服，主要是因为它太透明了。今晚，她想穿，而且是非常强烈地。她胸口的不适又加重了一些。但这并不能妨碍黎小黎穿那件衣服的愿望，想一次就强烈一次，一次又一次，黎小黎不能自制。

不知是因为包装上太简陋还是其它别的原因，黎小黎觉得这件睡衣上面有一种她所不熟悉的味道。所以，那次出差回来，她迟迟未穿。今晚是个例外，黎小黎在去餐馆的路上就已经想了无数遍，今晚她一定要穿着它。以为是和他在一起，可和他一起已经不可能了，但是，这个夜晚，她不想就这样轻易地放过，哪怕就是她一个人，她也要好好地享受一下。穿着它，在客厅，在卧室，在床上，那感觉一定很新鲜。可是，她的手却怎么也举不起来了，她本可以就此放弃，可是，她内心强烈地渴望着，她一定要占有它，她肉色的身体几经周折，最后，无力地靠在了纱质的睡衣上面，可是，她的手仍不肯就此罢休，依然在做着向上的运动，在与它近在可以触摸，可是她不敢拉扯，怕把它拉坏，因为它太薄了，她不想毁了一根丝儿。

胸口由丝丝缕缕的阵痛转化为抽筋似的绞痛，间隔也越来越短，黎小黎的身体已经不能伸直了，她蜷成一团，救心丸就在客厅的衣服袋里，每天都随身带着，可是，她用尽全身力气，想叫，叫不出来，想爬，却浑身无力，水还在流，雾气还在不断地升腾，扩散，弥漫，挣扎了一会儿，黎小黎就像睡着了一样，面向墙角，蜷在那里，她的身体，从睡衣上面缓缓滑落，黎小黎的膝盖压着的地方，是个下水管道，水，从卫生间溢出，悄悄地流向了外面。

卧室里，鲜红的玫瑰，一朵，五朵，十朵，静静地绽放。最美的，依旧是那半开的。

第二天，楼下的邻居早起上班，顺着水源，门没锁，轻轻一推，就开了。卫生间的门虚掩着，屋子里就像刚刚下过大雾一样。

一个女人，真不容易。

昨晚看着她和一个男人出去,还以为……

那个男人,不知道是干什么的。不过,看着他们,挺愉快的。

昨天深夜,听到她家有声音,还以为,唉,怎么能想到。好好的人,说没就没了。

数天之后,黎小黎的女友接到一封信,从信封上看,是黎小黎的笔迹。女友迫不及待地打开了:

"我就好像回到了年轻时候,你无法想像他对我的爱和体贴。"

无意识地,女友把照片翻过来,在一片洁白的相纸上,写着这样一句话:

你喜欢优雅吗。

是黎小黎的笔迹,没错。

都是你逼的

*

曼妮从软卧车厢里走出来,还没等走到车门口,一股热烘烘的空气扑面而来,一下子便把她包围了。虽然在车上列车员就已经把火车晚点的消息告诉了乘客,可曼妮还是机械地把手抬起来,她的眼睛很大,里面溢出的是无法掩饰的怀疑的目光。似乎是为了澄清时间,她又看了一遍,一路上,在经过的七八个小时中她已经看过不下十遍了,她仍然怀疑,犹豫地用另一只手的手指尖在表盘上抹了一下,时间在往日的岁月上留下了太多的灰尘,并且还在不停地重复。她无奈地摇摇头。车上的日光灯散发着苍白冷清的光,腕上的瑞士原装雷达坤表黑色的表盘和她白晳的皮肤形成强烈的对比。她随身携带的只有一个长带挎包,两只手空着。曼妮此时的心情就像包子里装的东西,她自己不说,谁也不知道。

月台上,检票口,到处都是人。男人女人老人孩子,曼妮旁若无人一样只顾自己低头走路。她心里很清楚，这些人没有一个和她有关。在这个城市，就连她最亲近的儿子也不知道她今晚回来的消息。儿子已经上初二了，正是关键时刻，正是要劲儿的时刻。她不想因为自己影响儿子的学习。想到儿子，曼妮的脸上露出了一股欣慰的笑容。儿子是她在这个世界上的最爱。儿子身上包含着寄托着她太多的情感。儿子很争气，学习成绩一直在班里名列前矛；儿子很善解人意，从来不在生活中为难她。越是这样，曼妮心里越不好受，天知道她是多么爱儿子，可是她竟然没有办法给她一个快乐幸福的家庭。每次回家，看到儿子冷落的表情，故意装出来很高兴的样子，曼妮的心里就像打翻了五味瓶一样，说不出是什么滋味儿。有时，她甚至希望儿子骂自己几句，儿子什么都不说，他才十三岁，儿子太压抑了。想到这里，曼妮加快了脚步。这脚步是沉重的，就像灌了铅一样，一下一下敲打在她的心上。

自从那件事发生以后，已经三年了，曼妮无法像从前那样带着轻松愉快的心情想念儿子了，还有憧憬。在儿子身上，曼妮只有等待。等待不知道的东西。她们的未来，儿子的未来。各自的未来。是什么样子。

曼妮目前这种生活方式是她以前想都没想过的。就像她从没有想过她和儿子的父亲的感情，怎么会发展到今天这种地步。世事难料。当初她大学毕业,有那么好的条件可以留在父母身边工作,但是,她却毅然决然地放弃了。一个人只身跟着她的恋人到了一座完全陌生的城市。开辟自己的新天地,打造自己的生活。从一无所有到今天几乎是无所不有。十三年的付出,情感心血的积累到头来怎么会呈负数增加呢。曼妮怎么也想不明白,曾经和她白手起家,相濡以沫的男人为什么如今却像陌路人一样。常言说,男人有钱就变坏。曼妮也曾经把这句话当做玩笑挂在嘴边,而今,她作为当事人,日以继夜地品尝着这句话背后苦涩和伤心。无望和无奈。她想:对于许多话,不亲身体会是永远无法知道它包含的分量的。

走出站台,一辆出租车停在了她面前。司机打开车门探出脑袋问她去哪里,曼妮想到了家,她像受到惊吓一样退后了几步。然后重新调整了一下自己。上了车。在另一个城市,她本可以选择早一班火车,快要买票时她改变了主意,选择了当天发的最晚的一趟车,到站准点是九点多,她只是想晚一点回来,但没想到车遂了人愿,比她原先预计的还要晚,已经十一点半了,足足晚了两个多小时。儿子肯定已经睡了。除了家之外她不知道去哪里,在这个城市,除了和那个男人有关的亲人之外,她找不到一个完全属于自己的亲人。儿子是她的,也是他的。春节前丈夫跟她提离婚,坚决地告诉她他绝不会把儿子让给她的。他说这话时的语气和态度就像一个大冰块,砸在她的心上。又冷又硬。她听了之后眼前一阵发黑,差一点晕倒,她竭力控制着自己,她心里清楚,这不仅仅是情感的较量,也是尊严的较量,对于一个被抛弃的女人而言,儿子是她全部的精神支柱也是惟一,她绝不能放弃。绝不。凭什么要把儿子给你,就是告到中央我也不怕,我要儿子。当时曼妮觉得自己的心被这个男人彻底地伤透了,他把他自己送给了别的女人,现在,竟然还要把她的儿子也带走。曼妮从那次谈完以后,他们没有达成任何协议。男人干脆就不回家了。曼妮也终于不再打听和寻找了。两年了,能做的不能做的,她都做了,结果却不是她希望的。她累了。她也倦了,她想随他去吧。想想这三年她过的日子,简直就不是人过的日子。只要是他不在家,她整夜整夜的失眠,见到面之后就是没有休止的争吵,原本和睦温馨的环境被周而复始的家庭战争弄得即使是在平静时期也能嗅到火药的气味。无论如何,她得变一变了,她可不想自己变成一个精神病。

望着窗外匆匆而过的街景,曼妮的眼前蒙上了一层水雾。出租车的速度不断地拉近着她与家的距离,她从心里不愿意回那个家,尤其是在夜晚一个人守着死气沉沉的空屋子,想象着他和另一个女人在城市的另一端亲热时的种种姿态,想象往日他们甜蜜时的种种爱抚,那种感觉真是生不如死。就在此时曼妮也不能停止，人有时就是这样奇怪，明知道想是没有意义的，可就是控制不住，不分地点，不分场合，在想的过程中，曼妮的嘴角不时地掠过一丝惨淡的笑容。为什么不想点高兴的事情呢？曼妮决定想点别的。

时间真的不见混，一晃，已经大半年了。这段时间，曼妮往返于两个城市之间。独来独往，我行我素。就像一个顽强的战士，时而精疲力竭，时而斗志昂扬。表面上看，她是为了工作。曼妮不工作已经有三四年了。为了丈夫，为了孩子，她曾经放弃了自己为之拼搏了十来年的事业。一心一意在家里做起全职太太。曼妮对此并无半点怨言。她身上既有着现代女性的聪明才智，又同时具备传统女人的优良品质。用老百姓常说的话就是上得厅堂下得厨房。她丈夫经营着一家公司，她们的物质生活在中国的小康家庭中属于上等。半年前曼妮应聘到一家药品公司做营销代理，负责两个城市的药品买卖。在许多人眼中，曼妮活得很潇洒也很滋味。尽管她的年龄已经不再年轻，但是由于她属于城市知识女性，加上个人保养得好，看上去依然很有魅力。重新回到社会，身边不乏追求者。利达就是其中一个。是在身边众多的男人中比较让曼妮有好感的一个。

利达是曼妮工作中的伙伴，两个人同在一个城市，又一同被分配到另一个城市工作。免不了要接触。在曼妮心目中，利达很平常。既没有什么特别吸引她的东西也没有让她特别讨厌的东西。她跟他完全是自然而然地，由同事关系发展成朋友关系。曼妮不是一个随便的女人，开始发现和利达的感觉有些异样的时候，出于一个女人的敏感，曼妮不能不想。怎么说曼妮也是过来人，并且曾经在商场上打拼过的女人。有一定的社会经历和阅历。对于她和利达的关系曼妮有自己的看法，一个人在痛苦的时候最容易被感动，尤其是一个女人，在受到伤害的时候，如果这个时候有一个男人走进她的生活，在精神上给她鼓励和安慰，这种感情慢慢地可能就会从友情转化为别的。对于有家的利达来说，在婚姻之外建立这样一种感情是一种奢侈，但对于曼妮来说，是本能的一种需要。除此之外，还有一种报复的快感。除此之外还有一种良心上的不安。除了妻子之外的另一种角色在有些时候让曼妮痛不欲生，欲罢不能。和利达之间的关系完全是柏拉图式的。曼妮不是不想，相反想得太多，因为想得太多，许多实质性的事也就失去了去做的兴趣。利达虽然喜欢曼妮，但他也清楚曼妮真正要的是什么。这是一个有自知之明的男人。做情人做丈夫利达都不合适。利达从曼妮看他的目光中就已经读懂了一切。曼妮绝不是那种让男人占点便宜就轻易走开的女人。曼妮很正。不可能让自己沦落成自己痛恨的角色。

和利达在一起大部分时间是充实的，但是利达有家，而且利达又是那种责任心很强的男人,工作以外的休息时间全部都是在家里陪着妻子度过。曼妮无法评说,但这意味着曼妮在许多时间里要承受两个男人带给她的看上去相同却有着本质的差别的天壤不同的寂寞。这样的夜晚,曼妮长时间地挣扎在几种不同的角色之间,作茧自缚。事实上,这两种生活都不是她想过的。既然想过的生活过不了,那也只能将就着了。过去的三年中,她就是不认这个账,非要把丈夫从另一个女人的手里夺回来。现在,她也承认,过去的做法太不理智,太走极端了。在这一点认识上,是利达帮了曼妮一个忙。每当曼妮和利达在一起高兴的时候,曼妮便会发自心底地感激利达,每当和利达遇到不开心的事的时候,曼妮便会发自心底憎恨丈夫。他对她的不忠导致了这一切。那么他的不忠又是谁造成的呢,还有利达的妻子,利达从不说他妻子不好。利达比丈夫强,利达能同时对两个女人好。利达曾明白地表示过,他不会和妻子离婚。

第一次发现丈夫在外面有了别的女人,她无论如何也接受不了。从那天开始,她们之间就再也没有消停过。曼妮一想到自己辛辛苦苦经营了十几年的生活完全被打碎了,曾经对自己宠爱有加倍加呵护的丈夫成了别人女人的男人,她的气就不打一处来。那段日子,曼妮完全丧失了理智。家里的墙上,家具上到处都留下了战争的痕迹,她像疯了一样地闹,无论丈夫怎样解释怎样求她原谅她就是听不进去。她开始调查丈夫，跟踪丈夫，折磨自己的同时也折磨着身边的人。曼妮只想自己解气，却没有想到这样做的结果正在一步步把丈夫推向远处。她的闹直接导致了那个女人和她丈夫的婚姻解体。对于曼妮来说，这是最致命的伤害。当那个女人失去束缚，也就无所顾忌了。在某一方面，是曼妮帮助自己的对手获得了打败她的强有力的武器。曼妮的强是表面上的，就好像疲劳过度的兴奋，表面上很强大，实际不堪一击。她丈夫说，即使我回去，我们也不可能再像从前那样了。曼妮嘴上不承认，但是心里是深有感触的，有些东西，一旦坏了，就再也无法修复到原先的模样了。

曼妮不止一次想到过以离婚来结束这种痛苦。想了不下上千次，但是真正要付诸现实的时候，她又不下了决心。这里面为儿子的成分固然多，但也不是全部。实际上，儿子也是生活在一个有着婚姻躯壳却没有实质内容的家中。孩子嘴上不说，心里也是明镜似的。否则，像他这么大的年纪，正是无忧无虑怎么会整天心事重重的呢。曼妮其次想到的是自己离完婚之后会怎么样。有了这场刻骨铭心的爱恨之后，曼妮很难再去相信海枯石烂白头到老这样的誓言，更何况眼下这个时代，离婚的事例比比皆是，以变心的翅膀飞翔似乎已成为时尚，被许多人推崇。在曼妮看来，人们这种做法看似在要求一个高质量的婚姻，实质上是对感情最大的亵渎。她自己就是最好的例子，按说，她的爱情婚姻基础是经历了考验的，现在不是说倒就倒了，变成一片无人祭奠的废墟了吗。更何况像他这个岁数的男人，事业成功的男人不缺女人，真正好的男人女人也不舍得放手，剩下的就是不成功的或者是被人不要的男人，这样的男人她也不会去喜欢。当然，这样想太悲观，这样判断太绝对，但即使是有好的也不见得会被她碰上。这几年在家里几乎和社会断了联系，现在重新回到社会中，才知道现在不和谐的家庭太多了，虽然不离婚有不少也都是同床异梦，已经不是什么稀罕事了，倒是你成天抓着感情不放的人被人笑话。都什么年代了，还离婚啊。男人在外面有外遇，算什么事儿啊，睁一只眼闭一只眼算了。当然，曼妮隐含的最大的希望是丈夫有一天能回归家庭。她这所以选择那种经常出差在外的工作也是以此来拴住丈夫。只要她不在家，丈夫就要肩负起照顾儿子的义务。他就必须要回家。丈夫回家意味着那个女人要独守空房。眼下，曼妮实在没有别的办法了。常言说，退一步海阔天空，从现实的意义上来说，丈夫并不限制她的自由，并且每个月都要给她一笔可观的生活费，嘴上说要离婚实际上也没有什么行动，曼妮有充分的理由不离婚。

重新回到社会工作的这半年中，曼妮的精神状态明显地发生了转变。几年中折腾掉的十几斤的体重慢慢地都回到了她的身上，脸上一些细微的皱纹也都不见了，一切好像都没有发生过，好像只是做了一场梦。这份工作让曼妮重新找到一种自信，这对于一个步入中年的女人来说很重要。曼妮对眼下这份工作很投入，谁都没有想到，她竟然在短短的两三个月的时间里拿到了上万元的提成。这大大地填补了曼妮感情上的失落。在另一个城市，街道，景物，一切都是新鲜的，忙碌的。这种忙碌是有阶段性的，看工作的进程，有时三天，有时是一星期，忙完了就要走。这毕竟不是休假，你想待几天就待几天，待烦了就拔腿走了，全是凭自己的心情而定，这是工作，一切出发点和落脚点都要以公司的利益为重。

就像这一次，刚到两天，就接到公司的通知要赶回去开一个很重要的会。她打心眼儿里不愿回去，才刚走两天，对儿子的想念还没有强烈到足以战胜她对那个家的抵触的地步。儿子有他自己的房间。她忘不了，无数个夜晚，她一个人关着门坐在自己的房间里，望着眼前这个曾经有过那么多温暖和欢声笑语的房间，双人床空着，双人沙发上空出了大半截，人去屋空独守着的那种寂寞强忍着那种心疼，还有，明知道等待是空，可还是眼巴巴地望着墙上的时钟，上千个日夜，就这么度过的，怎能不叫她厌倦。那天上午，忙完了公司的业务,她把利达的劝她早一点动身的话当耳旁风,她宁愿在异国他乡火车站坐上几个小时,去等那列将把她带回一个叫家的地方的火车。

已经到了家门口。她不愿回去,可是她没有别的选择。拖着沉重的脚步上楼,习惯了用钥匙将门打开。屋子里静悄悄的,好像都睡着了一样。她轻手轻脚地把儿子那屋的门推开了一条缝,不想却惊醒了儿子。儿子可能根本没睡。她随嘴问了一句,你爸呢。儿子的回答令她吃了一惊,他出去了。黑暗中,她能感觉到儿子关切的目光。妈妈没事儿,不早了,你快睡吧。明天还要早起。说着曼妮从包里掏出一个小包,放在了靠门口的桌子上。然后退了出来。关上儿子的房门曼妮并没有直接回自己的房间,她好像有什么事没做完似的原地打着转转儿。窗外有很明亮的月光,月光透过厨房的窗口洒在她的脸上,她的脸由落寞变得严肃,继而是严峻。厨房的一切物品都是她走时的样子,摆放得井井有条,好像这两天根本没有开火。

就这样曼妮不知自己站了有多久,腿都有些麻了,她朝着自己的房间走去,门开着,空气中有一种陈旧的烟草的味道,一种曾经熟悉的而现在变得十分陌生的滋味儿,她甚至怀疑是不是自己走错了房间。她没有开灯,对于这个房间她已经熟悉得不能再熟悉,一切都还是老样子。在此之前她还设想着的丈夫会在她回来之后面对她的种种举动，会不会在这个深夜有所不同，这对于一个妻子来说抱有这种想法应该不是奢望，现在彻底地打消了。他竟然在晚上丢下儿子，他会去哪里呢。他会不会突然推门进来呢？面对他，她会说什么呢？这个晚上，曼妮又是一夜无眠，她苦苦地想了一夜，都没想出她和他还有什么话说。每次见面都是这样，一句话也不想说。不知道说什么。天快亮的时候，曼妮才把自己的身体从沙发挪到床上，曼妮的眼睛一晚上变小了很多，她斜靠在床上，自言自语地说着一些她自己也未必听见的话。

太阳升起来的时候曼妮萌生了一个想法，经过大脑飞快地整理之后，她做出了一个决定。命中注定她将为这个决定付出更大的代价。她自己却想都没想。

曼妮没有想到她工作的这家公司的老总竟然是个骗子。这就是公司急急地把她们这些业务员招回来的原因。那天一大早，利达就把电话打过来，他说要曼妮有一个心理准备。他们在市场上推销的药全是三无产品。目前中央电视台新闻调查组已经开始参预此事。据说不久就会在社会上曝光。曼妮这个工作肯定是做不成了，搞不好的话还要受点牵连。不过好在曼妮刚到公司，还没有和公司签正式合同，她也是不知情者，不会负什么法律责任。公司一百多名员工，不可能都被抓进去。对于曼妮来说这又是一个晴天霹雳，尽管她有的是钱养活自己,这次工作只是为了证明自己,并不是图着挣钱,但还是一个不小的打击。就像一个长期受着干旱的小草,刚刚见了一点雨水,就又被人踩进了土里。以前看电视看新闻这样的事情听过不少,总以为那都是瞎编的,和自己无关,没有想到,事情会落到自己的头上。曼妮觉得这一切都是天意。本来她还想再想一想呢。老天成全了她。这一切都是他逼的。越想曼妮越觉得憋气,曼妮从心底里咽不下这口气。她觉得自己没做错什么事,凭白无故地却要受这种折磨,她必须要让她付出代价,越琢磨越觉得胸有成竹。

偶然地,她在手机上接到一条信息。是一个她不认识的号码发给她的。就是那种你掏钱我出力的服务。曼妮毫不犹豫地将它保留了下来。曼妮也知道这样做是犯法的,但是曼妮觉得现实生活已经将她的本来面目改变了。她不想顾及那么多了。

曼妮在和信息中的人接头以前便按照在电影里看到的把一切能提供的线索都准备好了。为了避免出现差错,她尽可能把准备工作做得细致。初次见面,曼妮就觉得她算是找对了人。只要那人一开口,说得都是曼妮心里想的,每一句话都特别解恨,每一个字眼儿都特别到位。在曼妮和对方进行交接工作的时候,不,应该说曼妮向他布置任务的时候,曼妮仿佛看到那个气焰嚣张的女人坐着轮椅的惨相。她要替天底下妻子讨一个公道,让那些让人痛恨的第三者尝尝破坏别人家庭的苦果。想到这些，曼妮的心里有一种说不出的快感。长久以来积压在心口的郁闷一下子都得到了释放。按照他们行内的规矩，事成之前要先付一部分订金，事成之后，再把剩下的三分之二全部付清。一条腿，五千块，曼妮觉得太值了。如果不是怕万一被骗，她真想一次全给他算了。也算是了份心思。分开的时候，曼妮长出了一口气。回去的路上，曼妮没有坐车，而是采取了散步的方式，她想不到自己会干这种事，第一次干这种事儿，想必也是最后一次。曼妮对自己都有些刮目相看了。

接下去的日子曼妮开始全心全意地布置新房子。当时买这个房子的时候她正在外地母亲家，丈夫在她不在的时候做了这个她百分之二百不会反对的决定。也是这个决定让她看到了他心里还是有她的，他们并不是毫无希望。二百多平米的大房子要布置起来可不是一件轻而易举的事，好在房子的装修都是现成，只需往里添置家具和电器就可以了。一个星期的时间足够了。一个星期以后她将成为最后的胜利者。这是一种全新的期待，那段日子，每天早晨睁开眼，迎着初升的太阳，曼妮仿佛看到一份全新的生活正迈着从容的脚步从四面八方朝自己走来。起床之后，对着镜子，她凝眸注视着自己，她看到一个脱胎换骨的丁曼妮。一个为了达到自己的目的而不择手段的女人。他如果看到那个女人变成残疾，一定会很难过，这一切都是他逼的。为了自己的幸福，她就是要不择手段。

上一次她从外地回来，他说要和她好好谈谈。这半年中他们除了说孩子的事之外几乎没有交流，几乎每一次都是她主动跟他说。比如说我要出差，你回来带孩子。回去时不用说，见到她人了他就离开家或者不回家了。她猜测他要谈的可能和离婚有关。地点是他选的，一个环境优雅的饭店。菜还没有上齐他就开始说话了。我们之间你怎么想的。曼妮没有吭声。他继续下文，你就想一辈子这样过下去吗？曼妮还是没有吭声。你晚上也没吃饭吧。你吃点东西。曼妮一点食欲也没有。这样我们都不幸福。你要什么条件尽管说，我尽量满足你。曼妮冷冷地坐着，还是没有吭声。我希望你幸福。我从心里祝你幸福。他一连串说完之后便开始沉默。这回轮到曼妮说了。曼妮说我的态度不变，我不想离婚，我又没有做错什么。还是我以前的话，我生是你老李家的人，死是你们老李家的鬼。你自己看着办吧。你慢慢吃，我走了。说完，曼妮拎起挎包，头也没回就走了。

事后，她思来想去，耳边总是回荡着他说的那句话，祝你幸福，眼前重复着他看她时的那种表情，从来没有过的。他什么意思。他为什么要说这样的话。他在怀疑她。曼妮把她的猜测跟利达说了，通过这半年的接触，曼妮觉得利达是一个最好的听众,一个难得的不要什么回报又可以给她出谋划策的听众,挺难得的。每当她遇到不开心的事的时候,第一个想到的就是利达。他也是男人,或许他会了解男人说这话时的心态。利达的判断让她有些失望。你们家那一位有点阴。给我打电话你注意点儿,别让你儿子听到。另外我们之间的接触也要少一些,免得被他发现,给你带来不必要的麻烦。那样的话,你可就被动了。曼妮突然想起书上看到的一句话,男人做事目的性很强。她曾经错误地以为利达和她之间没有任何目的。现在看来,她错了。利达对她并非没有企图。随着时间的推移,利达看到了在曼妮身上他充其量只能做个听众,只能看和听却不能付诸行动的局外人,慢慢地他也开始淡化对曼妮的兴趣。利达曾亲口对曼妮表现出他对她丈夫的不解,一个男人,和一个女人,都好了四五年了,应该没什么兴趣了。他是不是外面又有了别的女人。曼妮是个聪明的女人,从利达的这番话中她可以看出利达是什么样的男人。利达的话从另一个方面暴露了他自己的本性。他的话,曼妮不能不信,当然也不能全信。但是有一点她可以肯定,即使利达是个单身,曼妮也不可能嫁给他。丈夫的不忠固然可恨,但是除此之外任何一方面,比利达都是有过而无不及。有了这样的比较之后,曼妮就更坚定了不离婚的决心。无论是为她自己还是为儿子,等都是值得的。

恰巧在这时，公司出了事。天意如此，利达自顾不暇，曼妮无心去探听利达在公司这场骗局中所扮演的角色。但是她知道，利达在公司属于元老级，对公司的一些见不得光的内幕不会不知情。在这方面，他曾经给过曼妮暗示，如果不是为了养家糊口，这份工作没必要做。这么大的省城，完全可以找一个不用出差又很轻松的工作。没有发生这事以前，曼妮以为他只是随便一说，也没太往心里去。出事以后，想想，利达人其实并不坏。至少没有拉她下水的意思。并且确实在工作中给过她很多关照。公司出事以后，利达就像蒸发了一样，从她身边的城市消失得无影无踪。只留下一些话，一些感觉，让曼妮在清闲的时候，回味一下。仅此而已。在这个世界上，人们已经变得越来越现实，有谁会去为没有结果的事情徒劳地去伤神呢。在她的生命中，利达扮演的就是一个过客的角色，迟早都要消失的。

曼妮必须独自去面对自己生命中那些难解的事情。丈夫的背叛让她彻底地体会了现实的残酷。对于一个女人，一个中年女人，这是一场不公平也不公正的较量，她曾经视之为和生命同等重要的忠诚被无情地践踏了，在丈夫的眼中，她看到了她固守的姿态，就像一堆无用的垃圾。这个世界上，每个人都只关心他自己的事情。现在，即使她死了，他也未必会难过。最近这几年，他对她的事情不闻不问。好像这一切都与她无关。她究竟做错了什么,只要他说出来,她可以改。可是,他什么都不说。就连生病住院这样的大事他都不告诉她。她是从他公司的员工那里知道的。他出院以后,为了帮助他康复,她去商场买了一个按摩椅给他,他竟然说你做这些根本没有用。

他做错了事,伤了她的心。却要叫她来弥补。当然这是她主动的,自愿的。可是他不仅不领情,还要对她冷嘲热讽。她觉得自己太贱,她怎么就那么贱呢。

在自己面前,她丢尽了自己的脸。她已经没有自己了。每一次曼妮违背自己的意愿做事的时候结果都是以"都是被他逼的"这句话告终。曼妮不仅恨男人,也恨女人。曼妮想不出更多的话来形容男人,只有短句子最能表达曼妮的心情:男人都不是好东西。女人都贱。都是这个社会风气不正造成的。物欲横流,真情泛滥。

曼妮一边布置着新家一边期待着一个消息。一个星期的时间很快就过去了。自从曼妮做了那个决定并且将之一步步付诸现实之后,曼妮的心境有了翻天覆地的变化。原先的怨气没有了,即使是在一个人的时候,脸上也总是挂着微笑。乍一看上去,有一种楚楚可怜的动人。举手投足都洋溢着平和的气息。整个人,确实好像脱胎换骨变了个人似的。不仅仅是周围的人,曼妮自己也感觉到了。她想一个人不可能总是倒霉,这四年中她过的一直是倒霉的日子。现在,她要时来运转了。面对丈夫依然不回家的事实,曼妮倒觉得很清静。每天按时给儿子做饭,补习功课,到了晚上,洗洗涮涮看一会儿电视就睡觉。没有什么不好。不知不觉,时间又向前推移了一个星期。按事先和那个人约好了的应该有回信了。曼妮开始胡思乱想了。不会是遇到了骗子吧。这样想就等于曼妮白白地损失了两千块钱,曼妮应该生气才对。曼妮奇怪的是自己怎么没感觉呢,好像那钱不是自己的。管她呢,曼妮自己劝慰自己:难得有这样平和的心情,过一天是一天。

时间在原有的基础上又向前推移了五天,曼妮记得没错,那天是周末,正赶上儿子过生日,他丈夫没有忘,前一天晚上就打来电话,说让他们准备准备,末了还感慨他好久没有和儿子玩沙弧球了。曼妮觉得丈夫说话的口气也不像以前那么生硬了,难道是他回心转意了,还是那个女人良心发现了?如果真是这样的话,她那样做就太残忍了。说到底,曼妮只是想让丈夫回到她身边,并不想把那女人怎样。有一句歌词唱得好,女人何苦为难女人。曼妮在等待儿子放学的时间里曾给那个手机打过一个电话,可是什么也没说出来。对方关机。闲着也是闲着,曼妮想用这段时间修饰一下自己。曼妮刚刚洗完脸，用自制的面膜在脸上涂了一层，门铃便响了起来。这个时候，谁会来自己家呢，也可能是儿子姑姑，每年她都要来给儿子过生日，曼妮没有问就打开了门。门外站着两个人，一个是居委会主任，她认识，另一个是戴大盖帽的，警察！还没等对方说话，曼妮的心咯噔地沉了一下。没等居委会主任开口，大盖帽就说你是丁曼妮吗？我是。曼妮喃喃地说。有一个案子，希望你协助调查一下。请你收拾一下，跟我们走一趟。去哪里？曼妮明知故问。当然是我们所里。

十三年前，这个日子曾是曼妮受难的日子。她到死也忘不了，她躺在产床上，忍受着肉体撕裂的疼痛，等待肚子里那个小生命的降生。经过了长达十二小时的折磨之后，曼妮听到了一个婴儿响亮的叫声。从手术室出来的时候丈夫趴在她的耳边，说我永远爱你。那时，她觉得她是世界上最幸福的女人。

无论如何，她也没有想到，十三年后的今天，她会在派出所的审讯室里重温那个幸福的时刻，以这种方式来为儿子过生日。那个男人在行凶之后被抓了。两千块钱中不包括这个，那个男人没有理由保她。他供出了她的主谋。用警察的话说：法网恢恢，疏而不漏。曼妮没有什么可为自己辩解，做都做了，还怕什么。这叫罪有应得。她等待着为那个女人失去的一条腿，付出她的自由。最后法律会给她一个公正的判决。

在宣布审判结果的那一天，曼妮不敢相信自己的眼睛，这一切太让曼妮出乎意料了！原告，那个坐着轮椅的女人，她居然不认识。虽然和丈夫好的那个女人她们只见过一面，但那个女人的长相已经在曼妮的心目中打下不可磨灭的烙印。眼前这个女人在陈述事情发生的经过时末了说了一句与本案无关的话。那天天黑，又是在楼道里，我知道我是去朋友家窜门时被人当了替死鬼。原告说，只要给她二十万块钱，她就撤诉。她是个下岗的女人，眼瞅着奔五十岁的人了，眼下不需要别的。

　　曼妮在看守所被关了两个月，这期间丈夫没有来看她，而是派他的一个副总给她送来赎身的钱和日常需要的一些用品。那个副总在探视曼妮的时候，不无痛惜地说，太不值了。曼妮也觉得不值得。但她知道，这句话她只能说给自己听。

　　实际上，曼妮的丈夫在感情上确实背叛过曼妮。但是在将近大半年的时间里，他就已经和那个女人断了联系。出于一个大男人的脸面，他没有搬回家住。而是一直在外面租房子住。不知为什么，他有些怕曼妮。在他心目中，曼妮是个好女人，好妻子。对于他的情变，他自己也说不清。但是有一点他可以肯定，曼妮如果当初不那么闹，他早就回家了。

　　都是被逼的。

在看守所的日子，曼妮偶尔会想到丈夫，不过，在她看来，丈夫是否会和她离婚已经不是最重要的了。眼下，她最需要的是一个假期。长长的假期。要等她获得自由以后才能开始。

相聚是为了更长久的分离。而对一张纸的离别,车票是最轻的,至少可以让你的脸上,挂满晶莹的水珠。

第三辑
约会后的一声叹息

放下电话,先前的安静已不复存在,取而代之的,是激动,是期盼,是凝重,是满怀柔情地,要与之相见。

约会后的一声叹息
——走进话剧《生死场》

*

许多年以前我读过萧红的《生死场》,随着时间的推移,世事的变化,这份记忆渐渐被一些现实堆积的杂事掩埋。出乎意料的,二〇〇五年初秋的一个午后,我正在房间里享受着宁静的时光,一个声音带着田沁鑫编导的《生死场》的消息走了进来:清晰又厚重,古老又现代,一下一下撞击着我的心房。放下电话,先前的安静已不复存在,取而代之的,是激动,是期盼,是凝重,是满怀柔情地,要与之相见。

这是一场心灵的约会。

在这个现代化的都市里,在这个夏秋交替的时节,在黄昏与夜晚融合的缝隙中,我怀着一种说不清的复杂的心情穿越城市走进了《生死场》开始的地方——中国儿童艺术剧院。带着对萧红坚决的肯定和对田沁鑫温柔的怀疑,我从秋的凉爽走进了冬的严寒,从真实的天空走进封闭的舞台,从二十一世纪热闹喧哗的都市走进六十年代单调古朴的乡村——

毫无疑问,这是一场跨越时空和历史的相见。

时间倒退着行走,阔别了几十年的东北乡村以它简单质朴的面孔重现在眼前。舞台上,一明一暗的灯光在变化中诉说;灯光映照下一群刻在石碑上的老房子在静默中诉说;看上去无所事事的男人们围着火盆一边烤火一边在等待中诉说;正在生育的女人被晾在一边,在疼痛的极致中呼喊:一个新的生命降临了!一个消失了的年代就这样拉开了它的序幕——

田沁鑫没有让人失望,一度被岁月的尘埃掩埋了的萧红的眼睛又出现在眼前,清澈又透出忧郁,成熟又充溢了梦幻般的迷茫;一度淡化了陈旧了的观念因为她而再度变得沉重鲜活;一度沉睡了的意识因为她而再度复苏;一度轻飘飘的时光因为她而再度凝重。纵观整个故事情节,人物的命运,田沁鑫的话剧与萧红的小说浑然一体,令人信服。在赞叹的同时,又生出许多感慨。

这是一场理想与现实的抗争。对于一个女人,一个女性观众,很自然地会想到情感。可悲可叹的是,亲情、乡情、爱情这些人间至尚至纯的情感在这里发出的呼声,均没有得到心灵的响应。儿女对父母的呼喊,妻子对丈夫的呼喊,一个婴儿对外面世界的呼喊，归结起来是女人对男人一种精神上的渴望。

女人为了男人承受世界，而我们的男人呢，无论是强悍的赵三，还是懦弱的二里半，还有年轻健壮的成业，在这部戏中，他们无一例外地把男人的力量发挥到了极致。

成业对金枝冲动的力量，使得他们的爱情在面对家庭和社会的时候一开始就蒙上了洗刷不清的耻辱。在成业看来，只要是娶了金枝就是最圆满的交待。为此，他表现得坚决并且义无返顾，他对父亲软硬兼施，逼着他去金枝家提亲——

二里半软弱的力量，在面对日本人将自己的女人强奸并杀害的时候，爆发了。在女人死后，他给了女人一个响亮的耳光，在人们对他压抑已久的心出一口气的同时，不能不感到彻底的心寒。几十年的夫妻啊！

赵三最有爷们儿气了，他是男人中的领袖人物，由一开始对压迫穷人的地主二爷恨之入骨拼死拼活到最后奉为至尊，卑恭屈膝，以致于欢天喜地，完全背叛了他自己当初的思想。为此，他的女人感到极度的绝望和愤慨，她用自己的生命作代价，表明了自己的态度。却没有给这个男人丝毫的震动。他不懂自己的女人，虽然他们在一起朝夕相处，生儿育女。最让人心痛的是，他亲手把自己的外孙抛下了山崖。女儿极致的疼痛，妻子祥和的笑容，二里半迫切的期待，都没能让赵三动情,这也是一种力量,仇恨的力量。二里半释然了,他应该有些行动,但是,他也行动了,他认为这样就两清了。

这力量,男人在女人面前表现出来的强大的力量,有毋于无。在生与死面前,在爱与恨面前,在理想与现实面前,那看似勇敢的决择,实质上虚弱至极。

作为一个女性观众,看到这些,怎么能不为剧中的三个女人而深深地动容和感叹。她们不是同一代人,但是她们的命运从本质来说是相同的。她们各自用生命捍卫着人性的尊严,金枝的身体一次又一次从成业的怀里挣脱,奔跑,不停地奔跑,有时用脚踢,用嘴咬,不是她不喜欢,她是在抗争。一种约定俗成的观念,一种男人对她所承受的东西的误解——

剧终,金枝死了,是在扑向父亲的那一刻被日本人打死的,带着失子之痛,带着未能如愿以偿的爱情誓言。

二里半的女人也死了,那个性格温顺善良,纯朴的女人,她怎么也不会想到他的丈夫热情招待接纳的竟是两个禽兽不如的男人,在她饱受凌辱呼喊着扑向丈夫诉说的时候遭到杀害。二里半宁可相信两个强奸他女人的男人的话,这个软弱得直不起腰来的男人,终于在死去的妻子面前找到了做人的感觉。

赵三的女人活着。她比另外两个女人都幸运,她看到了希望,昙花一现的,鲜红的衣服瞬间就被残酷的现实改变了颜色。从生到死,从死又到生,活着的是躯体,死了的是希望。

她们最终没能战胜男人。她们最终没有一个人从真正的意义上找到自己灵魂的归宿。这是女人的不幸。

爱情,这被憧憬和赞美的字眼在剧中展现给我们的女人的,不是被保护的,被怜惜的,而是,一种凄凉的,无奈的,无助的失望。

今天,在这个男性文化的社会里,女人,值得思索。

男人呢,我不知道。

戏散人归。

重新回到现实之中,天地间,秋风依旧,热闹依旧,而心情,也依旧,怀着这个时代的女人独有的,等待着下一次更隆重的约会。

生日前后

*

凌晨的猫

午夜之后,我再度打开了电脑。这之前我原本是想休息的。躺在床上却没有睡觉的心思。

前后的窗户都打开了,还是感觉不到一丝风的凉爽,我猜测明天的天气肯定不会像此前的几天这样令人舒服。

窗外,隐隐地传来酷似婴儿啼哭的声音,它让我再度想起十几岁和姐姐的那一次散步的经历。

那也是在夜晚,我们看完了电影一起回家,半路上,我听到不远的地方的草丛中传出婴儿的哭声,是谁家母亲这么狠心,把孩子丢在路旁的沟里?姐姐笑着说傻妹妹,那是猫在"叫春"。我依然半信半疑。不信你听,她真的很像小孩儿在哭,多可怜啊。

这个夜晚，我再度听到那种声音，我想那一定不是一般的猫，它一定有很肥胖的身体和不同颜色的眼睛。是一只极其首都的猫。

自 己 和 自 己 说 晚 安

今天是我三十一岁的生日。

去年的今天我在哪里，在辽南小城的家中，这个时候，正在和妈妈还有哥哥姐姐开怀畅饮欢度生日呢，去年的去年的今天我在哪里，在我沈阳的小屋中，那天一大清早王老师和罗局长买了一大堆吃的用的过来为我过生日，去年的去年的去年的，我记不得了，能记得也不想记得了。

生活就是这样，一年又一年，周而复始——

我个人一直想过一个完全属于自己的生日，这个愿望直到今年才被实现。

冲了一杯治头痛的冲剂，它只管头却管不了我的肚子，肚子空空的，晚上九点半在地摊儿吃的那几根麻辣串儿麻了我的唇辣了我的嘴却没能给我的肚子丝毫安慰，此时我的胃口显得很麻木，大脑不时地出现真空状态。

心里还是很舍不得眼前的这个夜晚。终于有风了，随着起伏的窗帘，我感受到了一丝丝清凉，轻微的。

在夏天，这是最美妙的时间，夜色，午夜之后的夜色，宁静而深远。

问候

最早的问候来自哥哥，那时我还睡梦中，放下手中的电话，没过多久，电话铃又响了，是妈妈，在此之前的电话中，她让我把生日改到六月二十三，她说那时她会在北京，她给我过生日。她还说那个日子才是我真正的生日。

只有母亲才有资格说这样的话，如果她愿意，她还可以改。

可是去年她竟然把这个对于我和她来说都有着很不一般的意义的日子忘了。

妈妈老了。

相遇

中午，在路边那家叫"川渝"的饭馆，我坐下来。先是要茶蛋，过生日吗，按照传统习俗要吃鸡蛋的，我懒不愿意煮，为了完成从母亲那里延续下来的习俗，我还是要了。服务员说没有。

从"川渝"出来径直朝菜市场那边走去,旁边就是一家花店,几天前我在那里看到的一条小鱼独自一个在鱼缸里游动的样子真好看。

女店主开价十八元,前几天我到这里时是个男的,他是你的——女店主点点头,我继续往下说,他要十五元并且还搭配一袋鱼食。女店主说是吗,那我给他打个电话。放下手中的鲜花,她熟练地拨了一个号码,我看着她,她说,他不接电话。

算了,卖给你吧。

别十五元了,给你十四元吧。

女店主犹豫了一会儿,说,既然他已经跟你说了,那就,卖给你吧。

正在准备的时候,她说,你看,他回来了,我还得问问他。

不知道是做生意的技巧还是做女人的本分,我想大概是后者吧。一元钱,她也要征求一下男人的意见,这样的女人,在街边的地摊儿上也是不多见的。

男人没说不同意,也没说同意,他说你也不差那一块钱。

我说你要十五元,我只讲下一块钱。你也不差那一块钱。

他征求意见似地看了女人一眼,女人没说不行也没说行,男人说让她拿走吧。女人顺从地把鱼缸递给我。男人开始修剪他手中的荷花,我问他多少钱一枝?他说五毛钱。我说,送一枝吧,男人看看女人,说,那不好吧。女人说送她一枝吧。男人把手中正在修剪的一枝荷花递给我。我急忙说谢谢。

我一手拎着一大包菜,一手环抱着鱼缸,走出那家花店。路上边走边想,他们从做生意上从做男人女人上,配合得多好啊。

走远了,我还在想。

回到家里,把鱼缸放在茶几上,我聚精会神地看着,它似乎还不能适应眼前这个新主人,我的手一触摸到鱼缸它马上显示出极度的慌乱和不安,它也不肯游到缸上部宽敞一点的水中。

我把荷花插在了它身边的水中。

接下去我开始看《白轮船》。

那是我前不久在西单图书大厦买的几本书中其中的一本。作者是苏联作家艾特马托夫。

早在十年前我就见过他的书《一日长于百年》,是一个朋友送给我的。那时买这本书只有几元钱,现在相同的字数,却要花去多两三倍的价钱。

我用了四个小时的时间将它全部看完了。我想让自己休息一下,放松一下。我开始观赏我的小鱼。

活蹦乱跳了一个下午的小鱼此时也安静下来,它的身体呈倾斜状态伫立在水中,眼睛一眨不眨地睁着,我放音乐给它听,我吃东西让它馋,它好像失去了知觉,我把它从茶几上转移到床头柜上,它不动,我把手掌贴在渔缸表面去接触它的身体,它还是不动,我开始轻声跟它说话,它就是不动。它不会是死了吧。如果它真的死了它会翻白肚,它的身体会漂浮在水面上,或者沉到水底。

它肯定是累了。

它睡得可真早啊。

看着它,我再度想起《白轮船》书中孤独的小男孩儿,他一直想变成一只鱼,游向象征着人间最美好的事物的白轮船。其实鱼的命运也并不都是一样的。尽管这个鱼缸有些狭窄,不能使它游得欢畅,可是它要是能够想一想,商店里菜市场上卖的那些个头比它不知大多少倍的鱼,躺在称盘上任人宰割的同类——

哎,许多鱼的命运还不如它呢!

小鱼要是会说话就好了。

小鱼不会说话更好的。

鱼缸中独立的那一枝荷花,美艳得很不真实。

它应该待在池塘里,供游人们在远处欣赏。

此时,它和鱼一样,睡着了。

它的睡姿很奇特。最外面的四片叶子向外张开着,其他的花瓣全部向中间合拢,闭得紧紧的。

不知道妈妈为什么那么喜欢荷花和牡丹,是因为——牡丹是花中之王,荷花是水中仙子——这样的美名吗?还是因为它们的丰满它们的艳丽?

我有自己的喜爱,我又何必去追问去计较。

早晨醒来得并不晚,睁开眼睛的时候还想再睡一会儿呢。我想到了我的小鱼,脑海里浮现出昨夜入睡前看它时的景象,它伫立在水中的样子真安静啊,在这个屋子里,它和我共呼吸。就这样,我的目光懒散地落在它身上。

它的白肚皮高高挺起,浮在最高一层的水面上,水面纹丝不动。从它肚子的底部开始,那后面应该是它身体最没有重量的一部分,耷拉在水平面以下的水中,垂成柳条的样子,却不能摆成柳条的姿态,我目不转睛地凝视着,它的嘴巴闭得紧紧的,身体纹丝不动,在水面上浮着,它就像死去了一样,一动不动。

鱼缸里的水有些浑浊,树立的荷花已然垂下了脑袋,花瓣四处倾斜,飘落在水中。

鱼儿对水已经没有知觉了。水对于它的身体,只能起到浸泡的作用。

我仰面朝天躺着,我的目光呆滞地停在头顶的吊灯上,然后又空虚地滑向窗口,绕过茶几,没有着落地停在半空中。我的小鱼,在你活得很好的时候,我把你买下来,但是我却将你杀了。

  我买它不仅仅是因为它是一条鱼。

  带着那沉沉的思绪,我开始用力洗刷那些碎石,那个曾留下它身体的影像的透明的玻璃缸,一遍又一遍。

  然后,我把鱼缸重新注上清水,在一片明洁的水中,寂寞地等它。

  我不知道为这只小鱼,和我在一起生活了一天的小鱼难过值不值得,小鱼很幸福,它看到了荷花。如果是这种愿望把它带到了坟墓,至少,我还拥有最美的养鱼的心意。

好好说话

*

前不久,我辽宁的老乡,一个比我年长许多并且许多年来我一直很尊重的朋友到北京来开会,顺便我们见了面,还吃了饭,还聊了一些生活工作方面的事情。分手的时候,在街口,他把我送上出租车,手扶着车门,郑重其事地说,没听着你说话带北京味儿。有好多人到了北京之后,说话的腔调都变了。我心领神会地点点头。

坦白地说,我也想过学说北京话。从一个省到另一个省,并且准备在那里长期居住下来,自然而然,就会想到,这样做会拉近一些和新城市之间的距离,但是很快地,我又想到了别的。

我认识一个比我小许多的东北姑娘,她的普通话说得很标准。

二十一岁那一年,她从粗犷的东北跑到北京寻求发展。

记得那一次,她从北京跑到沈阳看我,那时我们已经有一年多没有见面了,见了面之后自然有很多话要说,从她嘴里流淌出来的大部分还都是东北话,只是偶尔夹带着北京话独具的词儿还有腔调,印象最深的就是对"特别""特殊"的表达,比如,在火车站我接她的时候,她拥抱住我,松手的时候,她说"我特——想你"。我们一路相拥回我的居所,她说"到你家的感觉就像回到自己的家一样,特——好"。吃着我给她亲手做的菜,她说,"你做的菜特——好吃,我特——爱吃你做的菜",总之,凡是表达特别意思的话语她尽可能都用而且每一次都会把别字省略掉,把特字的音儿发得特别长。

我有理由相信她说的话都是发自内心的,但不知为什么,我听了之后,感觉中有一种说不出的别扭。还有一分担忧。真怕这样下去,时间久了,她的心会被弄坏。

在以后的时间里,我一直争取多说话,时不时地提醒她好好说话。不停地告诉她她是东北人。还好,她不生气。还用电视里学来姿势动作逗我发笑,这让我,越发地哭笑不得了。

我原先还以为就她这样。后来到了北京之后,发现和她同龄的不同龄的,有文化的没文化的,像她这样热衷于模仿的人还真不少。打开电视,随便放在一个台上,就能看到模仿港台的动作扮酷相,模仿港台的声音扮嗲相,见得多了,也就不知从哪怪了。

  一切都是因为北京话而起,其实原汁原味的北京话并不难听。正如原汁原味的东北话也并不都好听。

  我以为,最好还是说普通话。尽量标准。这是社会提倡的,南方人北方人都能听懂。

  最怕的其实还不是说话变味儿,而是人也变味儿了。

断 歌

*

那是我第一次在地铁里听歌。

说起地铁,熟悉它的人们马上就会想到宽敞舒适的乘车环境,发音准确清晰悦耳的报站声音,不受红绿灯控制的便捷快速,当然,在这里,你还可以享受到与世隔绝的室内灯光效应,在疲劳的时候,你可以闭了眼睛让单调行走把你送进梦乡,而不用为坐过了站重新买票而报怨,在那里,窗外的黑暗总是短暂的,短暂的黑暗过去之后,不时地便会有酷男靓女做的装横美丽广告出现在你的面前。让你时不时会感受到眼前一亮。在一亮一亮的感觉中,你要抵达的站点就到了。

那一天情况有点特殊。正赶上心情不顺畅。其实也没什么,就是刚到北京,有些不适应,也因此,培养了许许多多思乡的情绪。

那天晚上,我从"王府井"书店走出来,沿着洒满五颜六色的灯光的街道,走进了离我最近的地铁口。

一首"大约在冬季"就是在我顺着楼梯一路走下去的过程中突然降临到我身边的。曲调忧伤,浑然不觉中,就陷入了一个音乐空间,充当一个听众的角色。

通道有限的空间全被歌声占据了。行人的脚步不再清晰得让人心烦,陌生的面孔突然间有了一种似曾相识的味道。

全然没有想到在这异地他乡的地铁站,也会遇到拨动你心灵琴弦的人。在他的弹唱中,你嗅到了一种久违了的故乡尘土的芳香,听到了一段似曾相识的故事,记忆中的往事逐渐地幻化成一缕缕轻飘飘的烟……自然而然地,你便会向着这歌声靠近。

他没有拿麦克风,弹的也是一把普通得不能再普通的六弦琴,通道中间他倚靠墙壁,自弹自唱。你走到他的面前,注视着他。

他的脸上飘扬着在现代都市里很难找到的那种自由自在,眼神中流露出一种随心所欲的忧伤,长长的头发无风自动,让你突然之间产生一个不切实际的念头:站到他的身后,跟他浪迹天涯。

从头至尾,他始终保持着一个坐姿,似乎并不在意你是停还是走,即使是在一支歌结束另一支歌开始的地方,也没有舞台上那种煽情的动作。

他的声音，他的身体，他的表情，都是为音乐准备的，纯粹的音乐。

一首歌结束，当你把钱放到他前面破旧的旅行袋里的时候，都是自然。

让他自己去唱吧，你有理由相信，他唱的每一首歌都是你心中曲子，你要听的，用心灵来听的，是那种感觉。

我正听得投入，地铁的管理人员走过来，歌手似乎对这种打扰早已有所领教，他留恋地张望了一下停靠在他面前的一张张意犹未尽的面孔，低着头，留下了茫然不知去向的背影。

在可以并排行驶两辆汽车旁边还会有点剩余的宽敞的地下通道里，一切又恢复了原有的样子。冷硬的墙壁。匆匆的行人。还有散发着清冷的光的白炽灯。

走过"世界杯"

*

是夜,是午夜之后的夜,有凉的风从侧面的窗口飘进来,送来了一丝丝清爽,带来了一阵阵离愁别绪,还有一些无法说清啊——

从早晨到现在,眼睛一直没闲着,说是早晨其实已经是中午了,起床洗漱后靠在沙发上看徐坤的《春天的二十二个夜晚》,在这中间有一搭没一搭地看看足球。两点半的那场比赛乏味至极,五点的比赛本是我期待的,但结果却不是我所盼望的,最后一场是与国家息息相关,也不能让人欢喜,看完了中国队对巴西的那场球看完了"佳片有约",还有一个国际影院,最后的一眼,看到的电视屏幕上出现"居里夫人"四个字,不看也罢。

关上电视,关了灯,屋子里装满了黑暗,我也是黑色的,只有一点,还在那里燃烧着,金色的熊猫,它转移的时候她

约会后的一声叹息

想什么,它停留的时候她想什么,就在这一停一走之间她想到窗前透透气。想让自己的眼睛休息一下,想在这难得的凉意中感受一下独自一人的感觉。只迈了几步就到了窗前,慢慢地将那深蓝色的背景下印满星星月亮的帘布拉开,展现在眼前的是夜色,伫立于阳台的窗前,将目光送到远方,向远处望去,说是远处,其实也远不到哪儿去,视线被一个又一个高大的建筑物遮挡着,任你看,能看到哪里去。恍忽间,不知道自己身在何处了。

沈阳的夜色,今夜是怎样呢。那时也经常在阳台伫立,把夜晚端详,却没能穿越、穿透,那个,在一个又一个缝隙之间,敞开的路,被仰望的眼神,剩下了。八楼应该是很高了,望眼欲穿,最终没能越过楼房,中间的缝隙应该是最合适的路径,但是却没能把目光放平。

希望德国队赢得那场比赛,在最后读秒的时间里,比分被改写了,然后是阿根廷对英格兰,我希望前者赢,但结果又是事与愿违,有人竟然在比赛之后给我发信息,说什么精彩,我看了之后只想骂一声"他妈的"。英格兰和阿根廷实力相当,英格兰之所以赢了那场球是因为阿根廷球星的一次犯规,给他们制造了一个点球,点球就等于白送的,后来的比赛英格兰死守,在那么密集的防守中,对于两只实力相当的球队来说根本就没有进球的可能,阿根廷输得无可指责,英格兰赢得很没尊严，简直就是一个赖子，他是靠一个白送球赢得了比赛，并不是靠场上拼搏争取来的。结束的时候双方最终没有像其他国家队那样交换球衣，我从心里为阿根廷队不平。也为那些英格兰式的人物而唾弃。从英格兰超级球星贝克汉姆的脸上我看到的是奸诈；从欧文表现上看到的是单纯；从巴蒂身上看到的是洒脱。面相是一个人内心的体现，在那上面记录着最好的当然也不乏最坏的。

今天的比赛意大利对克罗地亚，也都是两支强队，我希望意大利赢，意大利也确实具备取胜的能力，在一比零领先的情况下，因为裁判的一个误判，种下了意大利的失利的种子，队员在受到不公正的裁决下心理怎能不受到影响，在这种影响下让另一支队伍钻了空子，有人竟然说克罗地亚疯了，面对思想出发落点的不同，我知道我必须选择沉默，我无言以对。这场球最差的结果是平局，假如说没有误判的话，但是，没有假如，克罗地亚以二比一的比分战胜了意大利队。

世界杯比赛，在我看来就是人生的一次浓缩，九十分钟的比赛把人生的大起大落人生的不可预知种种意外演绎得淋漓尽致，并且把你的嘴也封得严严的，让你纵有千般苦万般怨，面对现实种种，失语。解说员就是墙头草，前一秒钟把你捧上天，后一秒钟把你推进万劫不复的地狱，适时的时候，又厚颜无耻地将你搭救上来，令你哭笑不得。这是职业习惯，现实生活中，有太多的人已经将这种习惯做得非常职业了。

或者是因为难得这样的清爽，闷热了几天，终于有这么一天，不再那么难受，或者是因为难得有这样的礼拜天，想给自己放上这么一两天的假，什么都不想，好好休息一下，那又怎么样，地球不是照样转么，我不是照样失眠么，有人不照样不知疲倦地睡呀睡的么。

北京的天空没边没沿几乎将我吞没了，当我在这无边无际的灰暗的天空里钻出头来，人们都已经睡得梦无所归了。

伸开五指，蜷起两个，剩下的就我起床时间和此时的距离，用小时计算，还剩下多少，不可能躺下就睡的，但是，我要躺下了，会一直睡到闹钟响起的时候。

一张纸的分量

*

那种感觉就好像一个正在等待宣判的人,她明明知道自己做错了事,要受到惩罚,但是她依然幻想着奇迹出现,她等待着,该来的最终还是来了。

那是一张让许多人羡慕的迁移单。这张在别人看来很有分量的纸并没有给我带来丝毫的快乐,我指的是一般意义上最为平庸的快乐。我没有把这件事告诉任何人。我想她们也许会挺高兴的,还会说一些在我意料之中却不是我想听的话。

最初听到这个消息,脑子里立刻闪现出她的名字,她是这个世界上为数不多的懂我的人。想到我们就要见面,有种抑制不住的喜悦。想给她打个电话,让她也分享一下,想了想,淡了兴奋。难道仅仅是一次久别重逢。真实的心情,想必她只会理解,但不会愿意分享。

我为之喜悦的是我终于可以很理性地回一次家了。我为之痛心的是从此后那里将再也不是我的家了。北京的户口沈阳的户口,哪一个都不是我所希望的,但是却用它们特定的方式将我固定在那里。这规定,这完全按照世俗的方式约定成俗,现在让我深恶痛绝。直到我自己,最终全落在了我自己身上。

相聚是为了更长久的分离。面对一张纸的离别,车票是最轻的。它至少可以让你的脸上,挂满晶莹的水珠。

我的小屋,我至爱的小屋,她更加孤伶伶地伫立在那里,她的主人把她最后那份倾赖也抽走了。一张纸的分量抵得上千斤了。何止千斤啊。

昨天晚上,当我带着那几张会把我的身份带走的纸,带着满身心的疲惫回到这间死气沉沉的屋子,我没有开灯,摸索着将自己的身体放在了沙发里,想到如果我现在年轻十岁的话;如果我和他的状况是另外一种的话;如果我是到这里打工的一员的话;如果,没有如果,房间里的布景渐渐清晰,渐渐地变幻成一片虚无。想到即将踏上的旅途,我的心跳开始剧烈,然后又突然慢下来,近乎于没有呼吸。但我有知觉,还有我希望这个夜晚平淡无声,电话成了我的一个负担。我远远地看着。有那么一阵子,我的心就像一块腐朽的木头,一潭照不出人影的浊水。我最后决定,尽可能地拖延起程的日期,一天两天三天……我在盼望中的感觉尽管谈不上美好,它预示着最后分离,这样的盼望,无论如何,日后不会再有了。

这就是形式的残酷。别看它只是个形式。它不仅仅是一个形式。

时间依然像往日那样，一刻不停地向前走。所有的话题，都滞留在这里。一次又一次，循环着，不知是它送走了时间，还是时间将它送走了。唯有自己敲打自己，追问自己，责备自己。想到他，又泛起难以言说的失望。想到他的所想，更加重了失望。无边无际的日子，我将用什么样的方式来过你。打开声音，又消灭了声音。闭上眼睛，有限的希望将我送到无限的远方。

有时候一个人足以构成整个世界，而且是一个丰富的世界；有时候，即使你身边拥有一大堆人，你依然会感到无法排遣的孤独和冷清。

那么，就这样吧。其它的，就不必再说了，说什么都不会是另一种样子。不是讨厌它，在别人眼里，怎么也不会认为它是不好的样子。很少有人会为这张纸说不的。我也没说，是吧？如果你把它看作矫情，我也不会说不的。不这个字写起来容易，吐出来只需把片嘴唇叠在一起，用不着张嘴，就这样，掀开一条细缝，感觉像吹风一样。我偏不说不。

幻想着每天的日起日落能带走一些再留下一些。

搬 家

*

小时候到现在,一共搬过十几次家,按我的年龄计算,平均每三年就要搬一次。

最近一次搬家是在十天前。房子是我先生单位分的。我先生是个军人,他的职务告诉我们我们只能在这里住上两三年。都说人往高处走,水往低处流,但从心底里说,我对环境的适应能力很差。另外一个原因就是,我已经三十岁了,体力和精力每况愈下。

搬完家最初的几天,我就像一只冬眠的熊,整日整日地待在家里,床上睡,沙发上睡,睡得失去了感觉。

一天下午,我把午觉睡到下午三点钟,醒来之后,还不想起来。我想到了搬家——

第一次搬家我八岁。因为家庭的一系列变故,我们家从乡下搬到了城里。搬家的前几天,家里每天都有很多乡邻赶来帮忙,有的帮着收拾东西,有的过来陪着母亲流泪。

我从早到晚,和我的小伙伴们跑到外面玩。好像这一别再也见不了面似的。

进城以后,我们的第一个家是在乡下住的那种临时的地震棚,又矮又小,那也是五姨跟她公公好说歹说才借给我们的。

五姨的公公姓宫,他有个和我差不多大的外孙女儿,每到礼拜天节假日便会来到五姨的公公家里,每次相见,那目光就像刀子一样,我总是隔着玻璃看,然后,低着头,从她们的视线里匆匆走过。

十年以后,有一次,我在回老家的时候在汽车站看见她,我没有丝毫的热情,我想,那种冰冷的目光在童年时就将我穿透了。

如果不是因为父亲的去世,我们还要搬一次家。我们全家对于这一次搬家寄予了充分的热情和期待。出乎意料的是,父亲在这个计划一步步付诸现实的时候,突然得了绝症。

父亲走了,我们搬不动家了。

我们感到遗憾,但是依然很满足。

在这个家里,大部分地方仍然保留着原来的风貌,父母躺过的炕,母亲年轻时使用的缝纫机——缝纫机早就不能用了，有一次我向收破烂儿的出售它，早就知道母亲不会同意，想着法儿避开可还是被她碰上了。她用双手护着缝纫机就像护着个不懂事的孩子似的，事后温和地教训我，只要她还在，包括姐姐和哥哥，谁也别打缝纫机的主意。

最难忘的一次搬家是一九九三年，虽然只住了两个月。

租来的房子在铁西，沈阳人都知道铁西区是个什么区，冬天八点钟以后找个公用电话要花去半个小时的时间。屋子里要好些。有现成的床，还有既可以当写字台又能放东西的柜子，就是光线差点，心里有阳光，暂时够用。租金两百元，是便宜还是贵，不去评说了。房东是个四十多岁的妇女，这里曾经是她和她丈夫和孩子的家。一个很贫困但是并不缺少欢乐的家。这个家在租给我之前三个月，发生了一件不幸的事。

房东的丈夫早晨和许多人一样上了班以后就再也没回来。下班的途中经过第四个铁道路口时被火车轧了。当场就死了。以后和我有关的就是女人没法在这房子里住了，屋子里还保持着原样，几乎没动什么。

女人隔个十天八天就要来一次，时间不确定。她的单位就在这条街的路口，走路也就是五分钟。每次进屋子之后她先是到厨房，摸摸这儿碰碰那儿，有时待的时间长点儿，她说：

她结婚晚，儿子还上幼儿园，丈夫出事的那天早晨，没有什么特别，她们带着孩子在园子里玩了一会儿，各自去上班了。怎么都没想到。早上还好好的。她说，这房子我住不了。不住还想。隔几天就想。想来看看。就是想来看看。

我理解她。

我父亲是得病走的，他在病床上躺了八个月，当父亲变成冰的身体被安放在冬天的帐篷中时，母亲吃力地爬向楼上的家，路上她自言自语地说，他再这样在医院住着，我这几个孩子都要被他拖垮了。其实我心里知道，母亲和我们一样，哪怕是父亲变成植物人，也还是希望他活着。累，歇一歇就没事了。想人可不是歇一歇能管用的。搬离沈阳铁西区之后一个多月，我去那里取匆忙中落在那里的一样东西。

我记得那天沈阳的天空下着小雨，我一下车，她就等在那里了。她比我离开时的精神状态好多了，说话比以前有条理了，眼神也不像以前那样游移不定了，我们一路走着说着，分别的时候，她把我送上公共汽车，又把一把崭新的雨伞塞到我手里，说，妹子，没什么好送你的，今天下雨，带上这把伞——留个念想。

总有一些神经还异常活跃

*

第一次拔牙是在上初一那年。因为牙疼,疼得吃不了饭睡不好觉,只好去医院。

第一次拔牙就遇上了拔牙中最不幸的事。牙根儿没拔净。不止是吃不了饭睡不好觉,疼,还伴着高烧。我记得很清楚,那天是大年初二,有很多平时吃不到的东西在那几天统统搬上了餐桌,我只能躺在医院的病床上消受双氧水的味道。特别的委屈。这一次的经历让我对所有的牙医望而生畏。暗自祈祷牙齿平安。

一晃十几年过去了。这十几年中我的牙并没有给我争多少气。它坏了又坏。但是在我心里,始终坚守一条原则。如果不疼,疼得没有要命的感觉,坚决不去医院。不过,疼得狠了,还得去。

引发我对那几颗坏牙的思索的是老公的疑问。我的牙是怎么坏的，我怎么能让它坏这么久。这一下子勾起了我对疼痛的回忆。于是，我就把关于治牙的经历一五一十地说了，宏观的和微观的，能说的都说了。最后，我下定决心要把牙彻底治好。

第一件事是"杀神经"，医生说，这样当热气凉风进入你口腔的时候，就不会有那样感觉的疼了。只要不疼了，没什么不能杀的。杀，我不同意也得同意。杀完神经的牙就成了一个摆设，没有神经的牙就像什么谁都知道。我知道，事后清醒的时候想想，挺可惜的。不就是个疼吗？就不能，但确实忍不了。神经对每一个人来说，都太重要了。

第一颗牙拔得很不顺利。麻药扎了七针，人用了两个，锤子一把，从开始到结束时间竟然用了四十分钟。

这一次确实比第一次拔牙痛苦，第一次拔牙没用这么长时间也没用这么多家什，也许是好了伤疤忘了疼，我甚至开始怀念起那次拔牙，那时毕竟有亲人陪伴在身边。

后来有一段时间我就不敢再去了，正好赶上那段日子母亲和侄子从老家来北京看我，我便给自己找了一个合适的理由。没有时间。

又过了十几天，母亲走了。我心里一下子变得空荡荡的。这时就想到了剩下的那两颗牙，必须要拔的，想到了那种疼，有点后悔没听母亲的话。

人在幸福的时候，总是想着更幸福一些。

我的勇气是根据前一次量身订做的。没有想到，从打麻药到离开一共才用了不到十分钟的时间。拔完之后还有点不相信，甚至还有点意犹未尽，我心里想干脆连最后那颗也一起拔了算了，反正它已经坏了，反正它迟早都要离我而去。

心里有事的时候，觉得时间也变了样儿了。等着去忍受疼痛，就会觉得时间过得特别快，等着去幸福，又会觉得时间过得特别慢。接下去的日子，时间有时快，有时慢。日子就这样，在等待中向前过着。

治牙拔牙无论如何也说不上幸福，但这种等待的感觉很好。这是人活着很重要的依托。牙齿只是身体的一部分，总有一些神经还异常活跃着。

猫事儿

*

一

从小就喜欢猫。特别爱摸猫鼻子,摸上去的手感就像是一块特别有弹性的橡皮。既干爽又柔软。

猫最不喜欢的事情就是被我摸鼻子,它很聪明,几次接触之后就发现了我的这一不良嗜好。实在躲不开的时候它就会喵喵地叫两声,然后用一种十分不友好的目光打量着我。我知道它不情愿,但还是照摸不误。对于猫的鼻子,我曾经有过这样的愿望。如果有一天它死了,我要把它的鼻子留下来,好好摸个够。我当然不会真的那么做。有时我甚至想,我究竟是喜欢猫才摸它的鼻子呢,还是因为喜欢摸鼻子才喜欢猫。反正,它们是不可分割的。

小学三年级以前可能养过猫,但在记忆中却没有留下什么深刻的印象。除了摸猫鼻子的感觉之外。一只猫的长相也没有记住。对于那些被我摸过鼻子的现在不在这个世界上的猫我深表遗憾。当然如果没有后来的养猫的经历，我可能永远也不会去想。对于没有记住的事情谁会去想。

那只猫是我的表姐从路边拾来的。在一个破垃圾堆旁，一帮小孩子正在以他们各自的方式和它玩耍。那种行为肯定是要比摸猫鼻子要恶劣一些。我没有看到，但是我可以想象，一个不喜欢猫的人看了都不忍心，那是怎样的场景。我表姐把它抱到了我家。她说有一帮小孩子在欺侮它。她说我喜欢猫。

那是一只平常的不能再平常的普通家猫。身上布满了黑色和褐色的花纹，又瘦又小，长得一点也不漂亮。它出生也就三四个月吧。

我从没有见过不吃鱼的猫，说出来谁都不会相信，但它真的是一只不吃鱼的猫。我曾经不止一次地把我碗里的鱼，整块的鱼肉放到它碗里，它都剩下了。姐姐说它只吃耗子，我没见过它吃耗子。我和我的家人都看到了，这不是一只普通的猫。

我们家那时刚从乡下搬到城里，住的房子是租来的。平房，地点紧挨着郊区。条件很差。房东和我们住对面屋，听邻居说他的老婆跟着一个包工头子跑了。把两个儿子也都带走了。他的全名叫曲陆三。听上去不像名字更像外号。

曲陆三的脸很长,脸上基本上没什么表情。过年的时候,他会自己动手包饺子,用我姐姐的话说,他剁得饺子馅白菜块切得像是喂鸭子。

这只猫在我还没有机会得知它的性别的时候便被大老曲这个男人家里养着的耗子夺去了生命。

在这只小猫还没有到我家以前,他的屋子里经常传出嘈杂的声音。我们都知道那是耗子在他的房间里活动的脚步声。妈妈曾经建议他买点耗子药,他总是毫不在意地笑笑。看上去他已经习惯了在这种声音中入睡。我这个单身汉什么也没有,让它们闹去吧。他经常重复叫的一个人名就是"大老田",大老田,包公头子,大老田,有钱,我儿子他妈长得好看。

小猫住到我家里以后夜晚经常在他的房间里出没。很快地我们便发现他房间的噪声逐渐减弱。我们开始越来越喜欢这只小猫。记忆中,我好像没有摸过它的鼻子。摸过一定会有一点印象的。

我是在一个清晨发现小猫受伤了。它的嘴,从嘴角一直被撕开,到脖子。只有一点点血,它像死去了一般躺在锅底炕边。我唤它,它的嘴微微地动了一下,送出微弱的呼吸。我小心地用手指拨动着它嘴边的细毛,那条口子都快有我的小手指头长了。我大声喊着妈妈来帮忙。妈妈找了一个垫子，我用双手把它托起来，它的身体轻得让你怀疑它靠的是什么来抓耗子。就这么一只小猫，楚楚可怜弱不禁风的样子，竟然把大老曲家里被耗子折腾得无比喧闹的房间弄得如此安静。大老曲对在他自己房间里生活的耗子还是很了解的。说到耗子，他无比的自豪，我亲眼见过，那只耗子的大小能装下你家这只猫。邻居家的一只大猫有一次都被它咬了，咬得嗷——地叫了一声跑了。肯定就是被它咬的。这只小猫，不是它的对手。

我给小猫的伤口上了药，希望能帮助它缓解一些疼痛，但是看上去并不管用。

受伤后小猫躺了两天。它一直就在那样一种半昏迷的状态中。不叫，偶尔在你唤它的时候会把眼睛睁开，看你一眼。让人无限的心疼。

它是在它受伤的第三天早晨离开的。就在它离开我们的前一天晚上，半夜里，我突然被一种响声惊醒，是它跳了一个高然后摔落在桌子上的声音。我猜它可能听到了什么响声，它以为是耗子，跳起来去抓。在这个时候，它还是那么勇敢。

十二岁那一年养的这只猫，很让我荣耀。

二

我们家住了楼房以后我又养过一只猫。那时我已经上初一了。一次去乡下的亲戚家里参加婚礼。没想到和它相遇了。它长得很漂亮。一下子就让我产生了从没有过的犯罪行为，并且还引以为荣。在身边亲人的怂恿下我终于下决心要将它占为己有。

对这只猫先是用了强行的手段，把它抱在怀里，尽情地享受着许久没有的干燥柔软的感觉。为了它，我把婚礼的大餐放弃了。那天中午，大家都在享受婚礼的气氛的时候我把自己和它放在一起，后来还是于心不安，在亲戚的帮助下找到了它的主人，经过了再三地请求之后它跟我回城了。

在乡村自由自在生活惯了的这只猫有一种楼房不适应症。刚到我家没几天就把妈妈的酱油瓶打翻了，后来就是比酱油更加宝贵的豆油。妈妈心疼豆油，便把这股气撒在这只猫身上。我出自于对它的心疼就恨它太不争气。我忘不了第一次见到它的感觉，忘不了为了它我所付出的。

这只猫没少挨妈妈的打。我曾经亲眼目睹它用一种仇视的眼光看着妈妈。这种目光使得它不停地制造祸端。后来竟然发展到离家出走。我费了好大的劲儿才找到了它。为了保险起见，我想了个万全的办法。我给它做了一张名片，在一块红布上面清楚写下了我家的门牌号,又亲手编了一条红绳挂在它的脖子上。我想我不能控制它不再做家人不喜欢的事,不能控制它对妈妈的恐惧。我只能希望它如果再离家出走,会遇见一个好心人把它送回来。

就在我给它戴上名片没几天的时间里,它带着我的户口再次离开了家。并且再也没有回来。我曾经在我家附近路边的果园里看到过相似的身影,我确信那就是它,但是我已经无法靠近它了。看上去它已经喜欢上了这种无拘无束自食其力的生活。看着它像兔子一样的奔跑,我知道它生活得不错。

十六岁那一年,养的这只猫,自己在它身上的所作所为,现在想起来,觉得自己很可笑。

三

姐姐家养的那只波斯猫是从陕西韩城跟着姐夫转业带回来的。那之前我还从没见过拴着养的猫。姐姐说她在韩城开了个小饭馆,怕猫偷吃东西,所以从小就给它拴起来。每次我看着外甥女儿牵着绳后面跟着小猫就忍不住想笑。白天有时我会把绳子解开,到了晚上姐姐一拿起绳子,它就会乖乖地跟过去。

姐姐家的猫下了四只小波斯猫。最有性格的就是那只被我取名叫"大老虎"的小公猫。四只小猫崽个头都差不多，要想确认大老虎是哪一个只需要提一下它们的耳朵就可以把它认出来。四只猫中只有大老虎被提耳朵的时候会叫。另外三个每一次都没有任何响声。它的性别是我选的，我还特别欣赏它有性格。四只一模一样的长相，只要提一下耳朵，就能找到我的那只大老虎。

它小的时候在它兄妹四个中最最漂亮的，雪白的毛，圆乎乎的小脸蛋，特别讨人喜欢。我用一只鞋盒子把大老虎带回了我独居的处所。它是一只受过良好的家教的小猫，从来不随地大小便。它的妈妈教它用圆盆，你给它放个方盆，它也会急得在屋里团团转，去寻找那个圆形的厕所。

它不像一般家猫那样爱叫，只有它需要你的时候它才会对你的呼唤应和，否则它就很沉默。我刚刚把它带回家没几天它就和我玩了一次捉迷藏的游戏。有一天早晨起来，它突然就不见了，我找遍了整个屋子也没能找到它，放了它爱吃的食也没有用。眼见着上班的时间越来越近，我只好带着怅然的心情离开了。到了单位，我一点工作的心思也没有，同事看着我愁眉不展，一边安慰一边劝我回去看看，说不定它自己会出来的。我家离单位很近，五分钟的时间就走到了，我想那就看看吧。

回到家里，一眼就看到了我放在地中间的猫食，一动也没有动。我想它肯定是丢了。一个人坐在椅子里越想越难过，不知不觉眼泪就流出来。我用带着哭腔的声音唤着它的名字，模糊中我听到了它的叫声，我以为是自己的幻觉，就又叫了一声。这一次我听得很真切，的确是它在叫。我接二连三地叫着，循着声音把它从床下面的箱子里翻了出来。

跟它在一起生活了几个月之后，我发现它的确是一只有性格的猫。它经常会在凌晨三四点钟将我惊醒。迷糊中，睁开惺忪的睡眼，发现它就蹲在你的胸前，用一种非常警觉的目光注视着你，黑暗中它的眼睛闪闪发光。从童年开始就喜欢猫养猫，但是却从没有以这样的方式和它对视。这里面竟然会有一种恐惧。

我的姨母怕猫，一直都不能理解，养大老虎，我彻底服了。还有，从养"大老虎"开始，就没有睡过一次安稳觉。后来实在挺不住了，给它找了一个喜欢猫的活泼好动的女孩儿做主人。因为年轻。

四

一九九九年送走"大老虎"后，我曾对自己有过不再养猫的承诺。当然是经过了理性的分析，没有想到最终感情还是战胜了理智。

我们之间的缘份缘于你的主人我的朋友。感谢造访我屋顶的耗子,没有它们给我的惊吓,没有我孤单一人的日子,我是不会再对你,曾经带给我诸多烦恼,我也曾发誓不再养了的小生命动心的。你的主人告诉我不用担心。因为你已经做过手术了。在这一点上我有过体会,我不能拿自己的神经去做这种尝试。我的睡眠本来就不好,如果我放弃这一点原则,我可能会变成疯子住进著名的安定医院。

自从和你以前的主人定下这样事以后,我就在盼着那一天,就在此前,我有两天做梦都想把你搂在我的被窝里,我想一定会感到很温暖的。

在你的名字的指引下我才得以与她们一家人相见。你是我见过的你的同类中长得最漂亮的。我对你一见钟情。你看上去也并不讨厌我。

还记得你刚到我家那几天吗。也许你不在意,有好吃的好喝的你吃完就会乐得开心游戏。你并不满足于温饱,我的袜子我的手在你吃饱了喝足了以后成了你手中的玩物儿。

告诉你吧,在你没来以前,在这间屋子里,我养过花,还养过鱼,时间都很短。尽管我付诸比一般人更大的耐心和周到,但结果,还是一一消失了。桌子上,窗台上,到处都弥漫着它们死亡的气息。我曾经很难过,非常难过。不再想侍弄什么有生命的东西了。一方面是麻烦,另一方面是怕伤心。还有就是,我已经不再年轻了,有点力不从心了。直到有了你,你的到来使沉闷的屋子增添了活泼气息。

你不是一只普通的猫。现在人们给你的名字叫宠物。养你需要付出的已不再仅仅是个人单纯的一种喜爱。尽管我表面上看上去很时尚,但骨子里还是很传统的。你不知道因为养你我会遭到乱七八糟的闲言碎语。我不是富有的人,而你的名字却是富有和时尚的象征。商店里有你们专用站点,从吃的到用的到玩的,价格不菲。我,一个对自己的生存尚存着担忧的人,怎么有资格去养你呢。我在宠物站给你买食品的时候,你知道别人看我的目光是怎样的吗。总之,我不舒服。

我不是在讽刺你,也不是在责备你。这事不能怪你。都是你从小养成的一种生活习惯。就像你不喜欢我抱你一样。在你的前主人家里,她们从来都不抱你。你的主人的哥哥还把你的胡子给剃掉了,你的主人一边说一边带着明显的要笑的意味那样看你,我想这对你是多大的侮辱啊。想象不出没有胡子对你来说是怎样的别扭。我想到如果有人把我的头发强行剪掉了,我会怎么样呢。你主人还说她之所以把你送给我主要是因为她妈妈对你不好,经常狠狠地骂你,你的饮食全是由保姆来负责的。晚上她们就把你关在阳台里,她们就不让你进屋。我妈妈对猫也不好。猫只要跟她在一起待一段时间以后,就会变得神经兮兮闻风丧胆。

其实我一直觉得老人挺适合你们的。孩子太顽皮，她们只知道喜欢你，却不会照顾。要不是一次把你们撑得半死，再不就是把你玩得无处躲藏。就像我当初对你的同类那样，我把她从乡下偷出来的时候很为自己这种爱的勇敢骄傲了一阵子。我只是丢掉了一次午饭，而它却失去了全部的生活。后来它变成了见人就跑的野猫，我追了几次之后都没能跑得过它。直到现在想起来还觉得挺欠它的。

它从小就在农村生活，在乡间野地里跑惯了。现在如果把你放出去你可能很快就会饿死。你连耗子都不认识，你要知道你是一只猫啊。这有多滑稽多悲哀。你从来没想过吧。看着我给你买的耗子玩具你无动于衷成天把它冷落在一边捧着个小火柴棍纸球玩得不亦乐乎，我真后悔，不该为你花那十五元钱。现在，不认识耗子的猫越来越多了。这事也不能怪你们。

我现在对你喜爱已经远不如孩子时那样单纯那样浓厚了。你给我生活上带来的麻烦远远地超过了你能给我的欢乐。因为有了你，我便不能远行。你弄得我衣服上全是毛。我每天早晨起床不仅要清理你的粪便，给你喂食，还要打扫你留在房间的各个角落的细毛。你高兴的时候我摸你你就和我疯，用爪子来挠我，用你的牙来咬我，你不高兴的时候，你就远远地避开我，叫你你也不吱声。

新找的单位离家有几十里,乘公交车要几个小时,单位那边儿有地方住。我之所以再冷的天儿也要赶回来,主要是怕你孤单。因为我知道换一个环境,会有孤单的感觉。尤其是你不会打电话,也不会上网。我是你惟一的伴儿。

有时我从外面回来,看着你把床弄得乱七八糟,还有那个音箱的盖子,我都不知道你是怎么把它弄掉的,那是我最喜欢的东西。我都忍了。我想我是理解你的。这是你排解孤单寂寞的一种方式。

今天晚上你不高兴,我也看出来了。不和我疯,还用那样一种目光来看我。我知道你不喜欢我给你的新食品,那是从我嘴里省下来的鸡肉,你宁可饿着也不吃。我想让你尝尝可乐,你宁可渴着也不喝,当然,我后来把它换成白开水了。我不能让你不吃也不喝。你真的像你主人说的那样,什么都不吃,只吃猫粮。

窗外,夜,已经很深了。此时,你就静静地睡在我身边的床上,两边都有依靠。你的睡姿好安详好幸福啊,你肯定不知道我常常会对你产生妒忌。我给你的肯定不是最好的,但是你的命运放在我手里要比放在其他人那里幸运得多。

后天你的主人就要过来看你了,我知道这对你已经不重要了。从你前几次的表现来看,你已然把曾经的养育之恩忘得一干二净。我知道这是你的本性,但依然幻想着你会永远记着。我很怕有一天你也像忘掉她一样把我忘了。

老天注定,你不会记住我,但我是永远也忘不了你的。和你在一起,尽管很劳神费力,但是我没有怨悔。无论如何,我都很感激你陪我度过的这段日子。

一个人的节日

*

一个人的节日多起来的时候,渐渐地,对节日的感觉也疏远了,漠然了,麻木了。

明天就是"五一",这于我而言没有什么实际的意义。可能意味着七天的时间不再是一个人。提前一天想到这些,只是徒增伤感罢了。从早晨到现在,屋子里只有我一个,除了看电视,看书,没有什么其他的事情可做。心思被一种莫名其妙的压抑和无聊占据了。思念在这一刻变得万分遥远。人在这一刻突然变得十分现实,眼前想到的看到的都是和你此时处境紧密相关的。这一刻,距离不是产生的美的动力和源泉。它变成了对命运的一种无奈和冤屈。

时间一分一秒地走过,从清晨到中午,从中午又到下午。落寞的心情像潮水一样在心灵的沙滩蔓延,此起彼伏。窗外阳光明媚,柳絮纷飞。到处是一片生机勃勃的景象。在这特殊的日子里,为了肚子里的小生命,我把吃的东西给自己弄好,有青菜,还有肉,主食是米饭,然后,一样一样端到桌子上面,一口一口地填进嘴里,这种饭吃得全没有滋味。为了营养而吃,机械地,张嘴,咀嚼,吞咽,仅仅是为了吃而吃。

中午的时候有声音响起又很快消失。我想每个人都只关心自己的事情。纯粹的。我不想责怪什么,谁会拒绝快乐。尽管人们对快乐的理解各不相同。相反,如果强求,你得到的反而是虚伪的奉陪呢?敏感的容易受伤的人,在这一刻只能选择独自面对。默默承受。

春天里有很多事是难忘的,春天里也有很多事是必须要忘的。

这个节日属于春天。对于春天而言是惟一的。

北京的节日连怀想也变得枯燥无味。只有那漫长的等待和无情的消磨。至少到目前为止是这样。明年会增加一种声音,一种喧闹。我从未经历,我想象不出来。我的世界日以继夜地失去安宁会是一种怎样的状态。摆脱这种安静并不尽是欢喜,还有担忧。想是徒劳,不过我还是期待一个新出生的小生命会改变这种现状,不计较从此我将背负上的负担。

我厌倦一成不变的日子。它让我窒息。

好在我还有一双手和一个不太愚钝的大脑。在我走不出包围着自己的寂寞的时候,它们可以让我在里面散步。把一路上看到的风景写下来,哪怕它是一堆狗屎。仅仅是为了聊以自慰,为了打发时间。也行。

比如今天,当艰难的行走化做一行行文字出现在我面前的时候,我心里还是很堵。不知道为什么。这一天格外地漫长。

节日是属于那些能利用这些时间生产快乐的人。我祝大家节日快乐!

你在他乡还好吗

*

又是周末,傍晚,窗外热闹依旧。三五个男人围坐在一张小石板上打牌,女人两个一伙以闲散的姿态把守着这幢楼的几个楼口,孩子们用淘气的双腿把它们连接在一起,穿梭于男人和女人其间。嬉笑不断,偶尔也尖叫。

我一个人斜倚在沙发上,怀着一种说不清的孤单和寂寥打发着这个夏天的黄昏。电视开着,光头李进出现在屏幕上,穿着黑白相间的花衫,再度将那首歌唱起:

再次握住你的手,说声再见,就在那个下雨的星期天,我送你离开故乡,因为雨我们听不见,彼此心里的哀怨。

……

这是我们都很喜欢的一首歌。

第一次听时,我就像你现在的年龄。

许多个黄昏,就我们两个,坐在大连模特艺术学校宽敞明亮的排练厅里,一遍又一遍不厌其烦翻来覆去地听这首歌。

忘不了那个春天,我拖着一身的疲惫,在上午的时光接近尾声的时候,走进了那所很著名的学校。

在校长室的门口,我轻轻地敲了三下,等待开门的时间里,我听到后面有说笑的声音,我不经意间回头望了一眼,满眼都是有着一米七五以上身高的靓丽女孩儿,你不是最漂亮的那个,但是唯独你的马尾巴让我记住了,我看你的那会儿正赶上你也回头看我。我们的目光碰撞了一下,然后就分开了。

第二次见面,是在上形体课的时候,我们没有语言的交流,但是,第六感觉告诉我,你在关注我。

因为我是后来的,所以跟不上你们教学的进程。为了尽快地赶上你们,我每天起早贪黑地跑到排练大厅。

而每次我去排练大厅都能碰到你。你给我指导,纠错,也给我演示。练累了,我们一起坐在地毯上听歌儿。听得最多的就是这一首。

我从心底里感激你对我的帮助,我的表达方式就是每天早晨吃早餐的时候赠送你一个咸鸭蛋,母亲亲手腌的。我从你吃鸭蛋的表情能够看得出你对我心里也有同样的感激。还有好奇。

你不明白我有这么好的身体条件，为什么在过了做模特的最佳时机，才走进这所学校的大门。

你不明白我一百七十八厘米的身高腰围怎么还不到一尺八，你就只知道羡慕。

你不明白我为什么在那么隆重盛大的服装节闭幕式选择了放弃。

最让你不能理解的是，我们共处了三个月，我离开时竟然连个招呼都没打。

回到沈阳之后我就给你写信说明了原因。你为我不做模特惋惜的同时也对我的决定表示了赞同。模特是吃青春饭的。不像写小说，如果你愿意，写到老都行。

决定要离开的时候，你说这个城市已经没有什么东西值得你留恋了，曾经美好的东西都变成了回忆，和你一同来北京闯世界的女友已经嫁人，曾经把你视若掌上名珠的男人在跟你相处了两年之后却跟别人结婚了，和你签约的公司做出违反合同的事——再待下去已经没有意义了。

那天傍晚，你打了三个电话催促我到你的住处。我匆匆忙忙赶过去，你已经把饭菜都做好了。红烧鸡翅、西红柿炒鸡蛋、蒜茸西兰花等摆了满满一茶几。我们认识七年了，我还是第一次看到你亲手做的菜。在如此炎热高温的夏天。我知道是什么东西让你有如此大的改变。是因为那个住在上海的叫阿龙的东北小伙子。是爱情的力量。我为你有这样的改变而发自心底的振奋。我刚坐稳，你就把手机拿出来，让我看他发给你的信息。都是和爱有关的言语。不过表达得很含蓄。有点朦胧诗的味道。你说阿龙也喜欢文学。你说阿龙每天都要给你打两三次电话，你说你去上海阿龙家里，阿龙的父亲待你就像亲女儿一样。你说你要从这个城市搬走，要和阿龙在一起。你一口气说了十来声阿龙，我相信你说的都是真的。像你这么漂亮的姑娘，哪一个男人会不喜欢。

作为朋友，作为女人，我希望你早日稳定下来。有一份稳定的工作，稳定的生活。同时，也不乏担忧的成分。你和他毕竟才刚刚认识，只是通过网上的交往，通过电话，见过三次面。就突然做出这样的决定。作为一个比你大七岁的女人，我也应该说点什么。

你说不用我说你都想到了。我想听你说说你刚认识我时候的样子。

我和你说过不止一次。

我至今还保留着你写给我的那些信，从一九九五年到一九九七年，一共有几十封，许多信封上还印着卡通图。那些信的字里行间有你的梦想，你的追求，你应该不会忘记，你不止一次跟我说毕业之后你还要继续读书，用知识来完善自我。可是你离开大连的第二年,便突然改变了方向,全身心地投入到模特这个领域里来。

那次我去长春,你接完站把我带到长春有名的"豆花村",你抑制不住地兴奋,点了满满一桌子菜,你说你找到了工作,你说在大连时总是我请你,这次你要请我。我们边吃边聊。席间,你让身边的男服务生给我夹菜,也让他给你夹。我很不舒服,但为了不扫你的兴,我没有多说什么。我只是说你变了。你眨了眨眼睛,似乎很得意,然后话锋一转,说,如果不是有事,你会来长春看我吗?

那次饭吃得很奢侈,你花了差不多一百块钱,我们撑得腰都伸不直了。回去的路上,你跟我讲你在私立中学当模特老师的事,你说你现在脾气特别大,即使是校长惹你了,你也敢跟他发火。你说这话时脸上飘扬着无比的自豪。我很自然地联想到那次在沈阳,我去车站送你,只因为乘务员对你说了一句脏话,你气得哭了老半天。那一次虽然你受了委屈,可我心里一点也不难过。那天我面对你胜利的面孔,我笑不出来。

离开长春以后,我们各自忙于自己的事。信没了,电话联系也逐渐少了。

偶尔接到你的电话,告诉我你在这里,在那里。说心里话,我不喜欢你过漂泊不定的日子,你知道,你长得那样漂亮出众，在故乡之外的城市，不可能不让人想入非非。你父母只有你这么一个女儿，怎么能放心。你有自己的想法，你说是闯荡。你说不经历风雨怎么见彩虹，你说万变不离其宗。我知道，你没有变，骨子里还是那么善良，真诚，重感情。尤其是在爱情方面，就是输了也不后悔。但是，我隐隐地感觉到，你并不真的那么有把握。你在掩饰你自己。是因为那个名叫爱情的阿龙还是因为你自己，你不说，我也不想多问。

到目前为止，你是不准我给你灌输挣钱的思想的一个人。总有一天你会知道我是不是那样的人和钱是无关的。我们都要活着。这是很现实的事。

夜幕降临，电视屏幕上，李进的身影已经不在，那首歌也早已飘远，但他的旋律和歌词依然在耳边久久回荡：

你在他乡还好吗，是否还会想起从前，你在他乡还好吗，是否已经有了太多的改变，啊——你好吗，你好吗，今天——你好吗？

关于爱的一个个场景,更加深了。关于爱的一次次体会,更加痛了。

第四辑

起风了

男人和女人终于怀着一种坐的姿态到了一起。但是,他们都没有想到,打开的第一页,竟然是,一张放了三百六十五天的日历。

春天的纪念

*

春天来了

春天来了的时候,你又回到了我的身边。

你是清晨拂面而来的一缕清风,给我抚摸,给我温暖,给我怀想和思恋,我陶醉,是因为我喜欢曾经的那种感觉。在这熟悉的陌生的春天之中,我倍感寒冷,是啊,如今你已然化作了风,却依然牵扯我,围绕我,让我像个傻瓜似的,伫立在风中,去捡拾那零碎的片断。关于爱的一个个场景,更加深了。关于爱的一次次体会,更加痛了。

春天无处不在的气息告诉我,你回来了。否则,我的心怎么如此的乱呢。流水的时间冲淡了回忆,又将他们浓缩在一起。我融入了其中,这久远的春天的气息,却没能带给我盎然的感觉。那一阵阵春风,吹得,越发的苍老了。在这个春天里,我身边的人所说的话,所发生的事,在眼前,一一模糊了。

真的,你不在了么,是的。不用他告诉我,不用她提醒我,我怎么会不知道呢。

看看我现在的生活,看看我身边那一张张从没有见过的陌生面孔,就知道了。你在冬天,一年即将结束的时候,也是最寒冷的季节向我走来,却在春天,一年开始的时候,不告而别。

我独自一人,如何结束,又如何开始。

在雨中

我这是怎么了?

有你的日子,我拼命地抗拒你追逐的疯狂,坚持的固执,殊不知,你的影子早已根植于我心。没有你的日子,我拼命地找寻记忆,记忆中写满了我们曾经的故事,一幕幕,清晰如昨,刀刻一样,深入我心。也因此,就越发地想你,想念无法驱赶我对你的思念。我知道,是我错了,如果我不爱你就不该让你走近我的身旁,如果我爱你就不该在你走近了之后,又把你推向一个人的远方。想当初我是多么的愚蠢,竟然还以为自己这一决定正确之极。

还记得你走的那天晚上,天空也下着这样的春雨。我们从不同的地点奔向同一个地方,却没能如愿,相见。傍晚匆匆的挥别,竟成了我们今生最后的相见。

潮湿的街道上有你闪亮的笑容,那是我记忆抹不去的一道流光,它曾经是那样照亮我阴郁的日子,让我得意地在你的视线中奔跑,跑成让你心动的样子,那时候我有理由相信,无论我摔成什么样子,你都不会视而不见。

如今,我伫足于陌生的街道,看时光倒转,我相信过去,也相信,现在,但是,我不相信,我自己。我怎么会在这里,怎么会以这样的方式,想你。洗过一样的空气中,你的影像,真切地出现在我的眼前,我的脑海里已是一片浑浊。你是我感情世界的天幕中一颗耀眼的流星,光彩夺目,一晃就逝了。滑过之后只留下我一个人在轻易就能遇到的示爱的话语中因为思念迷失。

一个人

时间,就这样分分秒秒一日一日地走过。

我耽于这里,眼睁睁地看着故事在结束之间,泛滥成灾。

窗外,泥泞。泥泞中有或散漫或匆忙,或坚定,或喜悦的眼神在飘,在穿梭,在诉说,无人欲知的故事。

要适应这个世界,首先要适应目前的生活。

适应墙的冷硬,窗口的孤独,适应被子下面无限度拓展的空旷。

再一次,试着去喜欢一个人的日子。

用床,把身体固定成一个人的样子,

想让它超重。

又怕她超重。

沉沉的思绪,

陷落,又升起,

许多日子,如生活在梦中。

梦是一张网,困住了我。

痴情是一种病,

和浪漫一样。

不要责备自己,就好像不要责备别人一样。

不要精心去构筑一个成熟的样子,

让那种跳跃的思维,

带着你去做活跃的自己。

无题

许多时候,

在堆积如山的日子里,

将自己掩埋,一度再度,

深的是我,浅的也是我。

目光随意地,

穿过层层叠叠的日子,

在人潮拥挤的马路上。

分辨哪一个身影更像你。

每一次追逐都是一晃即逝的欢喜,

每一次构筑都是更深的断裂。

我站在十字路口,却不能选择通向你的路。

我迷茫地,

伫立在这里。

让身边的人流淹没我,

让一声声汽笛唤醒我。

不变的是我,变的还是我。

这样的我,

站在交错的日子里：
寻找你，
找到的是你，找不到的还是你。

你的影子若隐若现，
真切得太真切，
虚无得太虚无。

致友人

*

今天是个晴朗的日子,窗外阳光灿烂,隐隐地,可以听到孩子们的嬉闹声,从相邻的校园里传出。这阳光,这声音,衬托着的我的心情,越来越空旷,越来越寂静。

这段时间,你一定又想了许多,我也在想,想你的想,想你的想念,想你的孤单和冷清,想你想我的时候的所想。当然,还会有很多我想不到的,正如,从前我们没有想到今天——还是我先离开了,沈阳。

你会记得,这一次我回沈阳,我们在一起度过的最后半个晚上,那个傍晚,疲劳和即将离开的紧迫感还有想要和你多待一些时候的愿望使我无暇顾念太多,约了你之后,我带着乱七八糟的心情继续打扫着和心情同样乱七八糟的屋子,希望赶在见到你之前,收拾完,收拾好自己,在那个时候,我能给你的,也是能给自己的,时间变得那么有限,有限到只剩下单纯的干净。你爱干净。可是不爱这种干净得无法再干净的屋子。换在以往，你进屋之后，若看到我那个样子，你一定会二话不说，参预进来，可是，没有可是了，你的每一个表情每一个沉默，提醒着我原本就不能忘记的过去的点点滴滴。我本不想让你看到，这个场面，你匆匆地来了，来得比我想像得要早，我还没有准备好，在楼下的哪怕是最脏最乱的一个地方等你。只要可以避免我们同时欣赏这曾经包含了那么多你的心血，我们共同建立起来的，曾经留下我们那么多的欢笑和痛苦，温暖和寒冷的既单纯又复杂的小屋，人还未去，屋已空时的狼藉和清冷。

在许多时候，我们的心情都是相似的，对爱人，对亲人，对朋友，在那一天，依然相似，旧的东西存在着，新的东西也存在着。以至于，我只能眼睁睁地看着你，看着你，一句合适的劝慰的话都找不到。

能看到的你都看到了，唯独我的感受，在那个时候，被你忽略了，你从我仅有的两个房间从一个走到另一个，我知道你是在躲避我，你怕我看到你的难过。在那个时候，你依然在为我想。但是，那一天，我太累了，我甚至想什么也不干了，躺在地上，要么睡觉，要么大哭一场。在那个时候，我是不该叫你来的，但我舍不得在沈阳的时间，我知道我可能真的待不下去了。

你说，你以后不会再交朋友了，一切已成定局，我欲哭无泪。我是多么不情愿你有那样的想法，但是，我又怎么能使得你不那样想。我想，今生，我必是要永远地欠你的了。

明知道打电话不是最好的，最好的东西在我们的心里，明知道过去的时间给今天留下将是漫长的思念里回忆的辛苦。在这种时候，更加重了。在这种时候，你不说我也知道，我没有那么做，必是我的不对，你的声音应和了我的牵挂，种种，我知道。

这段时间，我跑得太迅速太猛烈，过度的奔跑使身心有一种透支感,就好像心被挖空了一样,什么都没有,什么都有,原谅我，无所行动。

想说的话太多，说不尽，先说这么多。

你肯定有过这样的时候，我猜每个人都可能有过这样的时候，一个人的时候，总想着要干点什么，于是你开始在心里合计，把有可能让你感兴趣的事，从头至尾想了一遍，在想的过程中就很潦草，就已经失去了干的兴趣，于是，你索性不想了吧，没有兴趣还想它干吗，但是，还是难受。一种是乱七八糟的难受，一种是索然无味的难受。最近几天，我这两种难受的时候挺多的。这种状态不好，连一篇完整的文章也看不完,心里慌慌的,七上八下的,又找不出什么缘由来。

很奇怪。教你个办法，出去走走，吹吹风。

我就是这么做的。

正如据说的那样，还真快，还真降了温。幸亏我穿了羽绒服，就是我们俩一起在银泰买的，那天，高兴得像什么似的，尤其是我，大夏天在屋子里穿个棉袄，走来走去，热得不行，还臭美呢。不过，这一切还不都是因为你么。你要是不在的话，我才不那么干呢。不过，这是假话，你不在，我还真那么干了。在沈阳，在北京，回瓦房店的时候就是穿着它。一路上，为同行的人增添了很多笑谈。我不这么穿照样有那么多人看我，穿了反倒感觉不出来了。穿这件衣服，感触感慨颇深颇多。我想，再回辽宁的时候，我还穿上。去辽南小城都穿，没到季节都穿，去省城到了季节岂有不穿的理儿。你说是不是，什么时候？快了。也可能就在十一月底十二月初的某一天，清晨。

到了外面，我为自己选择的路只能是和你的信有关的那个方向。

路上我想的正儿八经的问题只有一个，可能是因为天气的原因，天很黑，风很大，路上的行人不多。偶尔在路边，在路灯照耀不到的阴影里，出现一个忽明忽暗的烟头，在陌生的地带，一个女人，在这种时候，看到这个，不可能不把它们和流氓啊犯罪啊扯到一起来想，当走过去之后，就不这么想了。我想起了鲁迅先生的那句话，希望和路。

当你有所希望的时候，你就有了承受黑暗寒冷以及恐惧的力量。有那样一种信念在支持你，再艰难的路你也会走下去。

有时候，是我们自己在想象中，把那个美化了，其实，人还是糊涂点儿好。少思考，越思考越没劲。你仔细想想，是不是，非得把什么事情都弄个水落石出，非得较那个真儿，非得把自己逼得走投无路，到头来，真的，你验证了，那是用你自己的痛苦，比起当初，更加惨烈的痛苦作为代价，换来的，你不接受的东西依然存在，时间，使你当初本不能接受的又加了一个更字，思考，再多的思考有什么用呢。在现实生活中，我们不需要那样的思考。我现在越来越这么想。简单的，才是幸福的。

归结起来，还是命。不是命，是什么，也找不到更好的解释了。

每个人都会犯错误，但是，同样的错误，不能再犯。正如，一个人，一只脚不能同时踏入两条河。尽管这是两条完全不同的河，尽管都是装满了水。

珍惜你已经拥有的，把握你能够把握的。现在。无法更改的就不改，我们修改自己。难道不是这样么，我们经历了那么多。

就这样。我看到了希望。在我希望的地方。

正如我担心的那样,还是没有见到你的信。

那就,只好,回家了。

冷了之后,觉得温暖很好。

哪怕你说我现实。

不尽言中。

唯愿你,如我的希望。这希望正如鲁迅先生所说,但是希望很好,那种感觉,很好。

据说这两天要降温。先祝你不冷。

每天都步行去礼士路收发室,看你的信,今天晚上也不例外。

看看信箱里面吧,里面除了厚厚的灰尘之外,还真有一封信,不过,不是你的,还没细看我就有一种感觉,不是我的,果然如此,是投错的。

还是不见你的信。天知道,我有多担心。唉,这信跑到哪儿去了。谁都纳闷儿。想不出怎么会这么久。等的滋味很不是个滋味,不过,我还是愿意一等再等。并在心里祝愿她一路平安。早日平安抵达。

刚刚看完两集电视连续剧《永远有多远》,时近午夜,一种莫名的酸楚从心里爬出来，慢慢地殃及了全身。感觉空气都带着一种酸溜溜的味道。头痛、恶心、胃，极其不舒服，总之，从里到外，不得劲儿，找了几种药，用开水把它们送进肚子。之后，从书架里拿了一套书，潘军的，当时就想，未必能看进去。别看他是潘军，潘军有什么了不起。不过，我倒是挺爱看他的小说。不过，今天可不管用了，躺在床上，翻来翻去，脑子怎么也不灵。好像灌了铅似的，沉甸甸的。躺着坐着都挺难受。

都是电视剧惹的祸。

关掉电视。

遂设想假如是在沈阳，这个时候，我会干什么。肯定是给你打电话，接下去，极有可能，打个车，跑过去。要么是和你发上一大通感慨，要么是随便地闹上一闹。这个时候，打车，是绝对不可能了。以前，我们离得多近啊。比较产生了近。近又派生出远。很远。正如同，每天都没有你，每天都有你的，一个个日子。就这样，还是过去了。

因为看电视，因为想起你，就又想起了记载着我们的开始的"小南"和在"小南"的那段日子，和电视有关的一些个夜晚，清晰如昨。

那段日子，每天看完《牵手》之后，我们就把时间抛在了脑后，满怀各种各样的激情，诉说，在当时，那激情是痛苦的化身，热烈，执着，也是我们之间友谊的桥梁，我们痛恨它，同时对它充满了感激之情。感激它让我们相识，感激爱，也包括恨。

每天电视里的《牵手》结束的时候，就是我们两个来来往往的开始，不管身心有多累，不管时间有多久，我们奔波，我们坐到天明，我们乐此不疲。

不知道，如果现在再看一遍《牵手》，对男主人公，如果我没记错的话，男主人公叫"钟锐"，对夏小雪，对王纯，会怎样评论。不过，那毕竟是戏。在那一段特殊的时期，恰巧被我们碰上了一部还不错的戏。现在，即使再看一百遍，也无法找回"小南"的日子。重要的不是戏，而是"小南"的日子。它如今一去不复返了。只在记忆中，存在。竟然是这样。没想到的事太多了，没想到的事还会有多少，有多少也不再去想了。

其实《永远有多远》，故事挺没意思的，至少，对于我来说，没什么吸引力。吸引我坐在那里看它的是那个标题，还有末了的那首歌曲，只记得一句，"永远有多远，我泪眼看不见"，还有别的词，"情人和朋友之间，爱太远"，听时清楚，过了那一时，就忘了。留在心里，久久不去的，是那五个字，有限的字数里无限扩展延伸的想象，包括爱人、朋友、亲人，永远有多远，谁能看得见。很多人都在说什么永远，但不到死的那一天,谁又能知道这永远究竟有多远,别说是,泪眼,什么眼也看不见,所以说,死之前能说出来永远不是永远,所以说,活着的时候不要说永远。

永远和永恒应该是和生命的极限划等号的。否则的话永远不远,永恒也不恒。你想想,是不是这样。

好了,不说这个,想想都累。我们都不想活得太累。活着不需要想得太远。

起风了

*

偶然地,也是必然的,在一个无风无雨亦无晴的平常日子里,两个人相约。

一个男人和一个女人。这样写,肯定要让人产生联想,但是,如果你见到他们本人,就会发现,你们也许错了。

约定的时间是中午十二点,女人是个很守时的人,本来可以不迟到的,可是,当她见到他时,不用看表也知道,已经过了十二点半了。

屋子里十分嘈杂。

男人独守着一张桌子,并不显得有什么焦虑。他的前面是一沓稿纸,女人从反面也能认出,这是男人的笔迹。他几乎每次见面都要带上些字,有时是铅字,有时是钢笔字。

女人轻描淡写地说了一下迟到的原因,男人好像并不在意,他欠了欠身,手里的菜谱离女人只有一尺的距离,正好可以看得清,女人皱了皱眉,对于她来说,吃什么并不重要。

重要的是,周围太吵。

显然,男人也意识到了。

先吃点饭吧。

好。

随便吃点什么吧。

好。

自从那一次不欢而散之后,他们有两年没有见面了。

男人说,今天,没有想到。

女人对着男人坐着,不说话的时候,她的目光随着男人后面的一排玻璃缸里的鱼游动着。

一会儿换个地方。

嗯。

两杯茶,女人举起一杯又放下了。

孩子好吗?

女人微微笑了笑,挺好的。

你胖了。

女人笑了。胖是检验心情好坏的唯一标准么?

是心情好吧。

女人只笑不答。

不好看吧。

男人无声。

女人点的一碗馄饨上来了。

少时，男人点的粥也上来了。还有一屉鲜虾蒸饺，四个。

女人不知道男人是给自己点的还是给她点的。但是，她吃了一个。

男人也吃了一个。

结帐的时候，还剩两个。

你把它都吃了吧。

女人犹豫了一下，但还是把放下的筷子拿起了。她一边吃一边犹豫。

她吃了一个，还剩下一个。

但女人不想吃了。

男人把筷子伸过去。

大约半个小时之后，他们去了旁边的茶楼。

两个人肯定都没忘，第一次去茶楼，就是在这里。女人记的，进去时，男人说找个包间，这不需要说明。女人没说同意也没有说不同意，而是把脚步伸向了散台。

这一次，男人什么都没有说。

女人在前面走，径直走到了那里。

男人说,还是我们第一次坐的地方。

这样合适么。

这样不合适么。

女人想,没说。

服务员来了,男人说,还要普洱吧。

女人说,还是要绿茶吧。

茶上来之后,男人说,今天很特别。

本来应该在五个小时或者更长时间准备的东西,两个小时给完成了。男人把已经放到包里的稿纸再度抽出来,极其郑重地。在上面指点着。

似乎还没完。

这个下午,女人身后也还有急着要做的事情。

他们说好了。有两个小时。

先捡重要的说。

今天是个特殊的日子。男人陶醉地说。

是么?女人一脸迷惑。

你知道就是在前年的,今天。

噢!是么,怎么会这么巧。

就是今天。

男人拿出一个小本子。

我真的不知道。我不是有意的,赶上了。女人不能说谎。

我还以为——

去年的今天，在一个公园，女人由于不得已的原因说了，当时，她并不觉得，只是要表达自己内心被破坏的一些感觉，不可能的一种现实。那完全是一种真实的感觉，是真诚，但是没有想到。

有些东西就是这样，在心里放着的时候挺好的，说出来，这些话就变成了一根根刺，将一个很好的男人扎伤的同时，也让一个女人几乎彻夜未眠。

时间依然在向前流逝。

女人已经说了，便不再想什么，或者说开始了另一种想。

她也知道，有种伤害，一旦出口，就很难收回了。

男人肯定也在想，但是，也知道，不能说了。

便把她放在心里。

也许是别的地方。

就这样，翻过很多平常或不平常的日子。

男人和女人终于怀着一种坐的姿态到了一起。

但是他们都没有想到，打开的第一页，竟然是，一张放了三百六十五天的日历。

而且是，并不是所有，有情的人能轻易赶上的，也不是无情的人能够有幸面对的。

女人心里很想说"对不起",但是她心里知道,这三个字说者容易,受者难过。

在一切都恢复了平常的或不平常的时候,说什么都是没有意义。

冥冥中是谁在安排着这一切?

他知道么。

她知道么。

肯定是有,可是,为什么要安排这呢?

不知道。

离他们约定的离开的时间还差几分钟,既然错过的已经错过,还差这几分钟么。保留必然要永远保留,还差这几分钟么。

有些意外,天气变了。

无雨亦无晴。

起风了。

这是自然。

写完这篇文章,她给他发了信息,他没有回,电话。这是第一次。

时间没过多久,她突然在想:如果不是因为这个日子,他也许不会来的。

  时间倒退了很久,她觉得,还是要给他打个电话,是第一次。

  回答是沉寂。

梦开始的地方

*

一九八〇年的夏天,我们全家从辽南的一个乡村迁到了与之相距百里的县城——瓦房店。那一年我九岁。从那天开始,瓦房店,这个听上去土里土气的名字为我这个穿梭于山林间嬉戏在小河中的女孩儿穿上了一件城市的外衣。

搬家的那一天,载着我们全家人以及全部家当的解放卡车在绵绵的细雨中驶进这座陌生的城市的时候,我坐在父母中间,感受着从她们的表情和呼吸中散发出来的悲伤的气息,睁大了好奇的眼睛,一条又一条柏油马路在我身下的车轮中消失又不断延伸,一座又一座楼房在我身边擦肩而过,卡车在红绿灯的交替中走走停停,那一天,瓦房店这个城市展现给我的一切都是新奇的,它让我知道了城市与乡村的差别,就连窗口扑进来的风的味道都和从前生活的地方不一样。我在卡车的行驶中等待即将出现的家,在这一路领略的风景中寻找自己游戏的天地，相仿的伙伴。

晌午时分，卡车司机的一个刹车动作把我们定格在城市的天空下面。爸爸对我说，你先下去，穿过那细长的胡同，最里面顶头儿的那就是我们的家了。

我们在瓦房店的第一个家在城市的南边儿，那附近有一个工人俱乐部，正对着俱乐部的那个方向有一个商店，叫三新店儿。在当时，那个店对于我来说就相当于现在的王府井和西单，城市的许多美味都是从那个店流进我的肠胃的，柿子饼、桃酥，还有金黄色的柿子，还有同样的颜色的桔子。直到今天，我拿起桔子，仍然会想起第一次看商店的售货员在柜台里剥桔子的场景，先是用手指在根儿那捅一小口，顺着那小口撕一条小缝，声音特别小，嘶嘶拉拉的，听得特别清楚。直到今天，我能够记起的，也不是桔子味道，我想不起来第一次吃桔子的滋味，只记得那剥桔子皮给我的诱惑。就觉得它一定是从另一个世界来的，一定是最好吃的东西。

小学是在井冈山小学读的。从我的家到学校，步行要十几分钟，因为中间有一道十字路口，因为乡下小姑娘不懂红绿灯的规则，从一年级到二年级，每天早晨都要爸爸亲自送我上学。一年春夏秋冬，他抓着我手，掌心紧紧地贴着我的手背，尽管我们遵守着绿灯走红灯停的规则，但是在过马路的时候，我还是感觉他手的力度时而松一下，时而紧一下，就像过关似的。

与井冈山小学隔路相望的有一个人民电影院,记忆中那个电影院的房子很旧,里面的墙壁灰突突的,有几盏黄乎乎的灯散发着微弱的光。好在我们心情是欢畅的,排成一队队,一个扶着一个的肩,在老师的指引下坐进自己的位置。

每次都是学校包场看,青一色都是战斗片,一人交五分钱,进去时个个摇头晃脑,喜气洋洋,出来时几乎个个小脸儿绷得紧紧的,眼泪汪汪的。

从来没有在一个场所为一件事情流过那么多眼泪。因为这个,我记住了人民电影院。它作为瓦房店的一个真实的存在曾经为我和我的同学上了许多生动的有教育意义的课。

还有一件事,也是在那里发生的。有一天下午不上课,我和我的好朋友跑去人民电影院买了比平时看电影多三倍价钱的昂贵的票走进了对于我们孩子来说天堂一样的地方。

那一天看电影的人不多,大部分位置都空着,我们一边看电影一边在空座位的过道穿梭,突然,有两个人影挤进了我们的视线,借着屏幕上的亮光,我们看到在前边的位置上,一个梳长头发和一个留短头发的男女紧紧地搂在一起,这个情景我们从未看见过,两个十一二岁的女孩儿感到十分震惊,我们在黑暗中互换一下眼神儿,那意思就是在人民电影院这样，真不要脸。我们决不能让她们得逞。于是，我们很快地交换了一下眼色，就把进天堂的感觉抛到了脑后。我们先是装作找座位的样子在他们前面，腿和凳子的缝隙中走了一圈儿，然后我们在他们的前一排挡住她们视线的地方坐了下来，然后，便不停地窃窃私语，继而还发出吃吃地笑声。最初，他们并不在意，好在我们并不气馁，前边儿不行，后边儿再来，反正，就在他们左右无声地周旋，让她们始终能感觉到我们的存在。就这样，电影还没结束，他们就起立了。

六年级快要毕业的时候，我们家又搬到了岭下。那一年大我十岁的姐姐正在和一个军官谈恋爱。姐姐管他叫排叉子，他在家排行老二，我管他叫二哥儿。

那时，我在家的位置举足轻重，姐姐哥哥找对象，我虽然不能起决定作用，但是辅助的作用却是不容忽视的。第一次来我家见我的父母，事后都要贿赂一下我，有用糖果的，还有用漂亮衣服的，当然也有用甜言蜜语的，小孩子么，都爱听好话。女孩子么，都愿意听人夸她漂亮。末了，都离不开一句：我们走了，你爸爸妈妈说什么？这证明我哥哥姐姐都是很有魅力的。这证明我爸爸妈妈的份量是很重的。我呢，家中的老疙瘩，也水涨船高了。

一般情况下，我都会配合他们的恋爱工作。在不影响我原则并且有利可图的情况下。

那一次是个例外。姐夫回家探亲,也就是春节前,那时他还没有成为我们家的正式一员。可他却要把姐姐带到他乡下的家过年。长这么大,我们全家人从来没有在过年时分开过,何况姐姐又是我们家的主力成员。炒菜做饭一把手。我看出一点苗头就不高兴了,眼瞅着就要到大年三十儿了,可以想象姐夫的心情。他一大早跑出去,在接近晌午时回来,手里拿了一大包各式各样的花炮,说是送给我的。见我无动于衷,他又放弃了吃午饭的机会,骑车把我载到了离我家很远的人民电影院。从岭下到岭上要蹬很大的一个坡,天气又那么寒冷,他一股作气,就把我从坡儿下带到了坡儿上。又带到了电影院。

为了迎接新年的到来,人民电影院引进了一个立体电影。片名叫"熊猫咪咪"。平时只有一毛五分钱的电影,一下子涨到了两毛五分钱。姐夫毫不犹豫地就给我买了一张票。又捎带了一些食品。然后,把我送了进去。

那是我第一次看立体电影,第一次戴着电影院配发的眼镜看电影,如果不是想着这一来注定要把姐姐送出去过年为代价的话,这个电影就是很完美了。

"东山公园"是瓦房店不可怠慢的一大风景旅游胜地。

我从童年时便开始光顾那里，赶上周日，约上三五个同学，瞒着家长和老师，我们之所以不敢告诉家长和老师，是因为一个至今尚没有被印证的恐怖传说造成的。说是公园里有好多吃人的山洞。

那时儿童乐园还没有建成。山上散乱地布置了一些巨大的铁丝笼，里面装着猴子、孔雀和一些我们叫不出名字的鸟类。还有狗熊和狼之类的动物，被养在一个个三面是墙，一面是玻璃的房子里，房子的外边用铁栏杆围着。每次我们走进东山公园，都要在那里逗留半天儿的时间。走马观花似的将狗熊、猴子看一遍，便开始向山林深处游荡，山上有大片大片的烈士墓碑，受那些黑白战斗片的影响，我们特别愿意亲近这片土地。在那些烈士墓前，我们用在课本里学到的文字磕磕绊绊地念着碑文。心里有一种说不出的崇敬。

之后，往往是在最后，我们怀着无限的恐惧和无法驱赶的好奇心接近了那些黑乎乎的洞口。大人口中的山洞在我们眼前得到了真实的验证。我们远远地观望着，黑色的洞口在风吹草动中显得格外的寂静，我们四处看去，在山洞的周围，没有一个大人的影子。能把小孩儿抓进来放进洞里的肯定是大人。坏人肯定在大人中间。这证明我们的处境是安全的。我们在安全的处境中凭着大人说法忐忑不安地设想着。有一些养貂的人，专门把小孩儿抓来，拖进山洞杀死，然后把她们的肉切割成一小块儿，一小块儿，拿回去喂貂。多可怕呀，太可怕了，快跑吧。随着一、二、三一声口令，我们以百米赛跑的速度撤退。好像真的遇到了坏人一样。跑到自认为安全的地方，一边大口大口地喘气，一边为没有被假设的坏人抓住而兴奋得手舞足蹈。

赶上清明节，各个学校全体出动，穿着统一的服装，白衬衣，蓝裤子，戴着鲜艳的红领巾。一路上，鼓声咚咚，号声嘹亮，我们迈着整齐的步伐，迎着初升的太阳浩浩荡荡地向东山公园进发。去清扫那里成片成片的烈士墓。

那时我特别愿意过清明节，因为我是学校鼓号队的成员。因为我们是镇里的中心小学，赶上这样的大型活动就要动用我们的鼓号队。白衬衣，白裤子，白手套，白鞋，都和其他的同学不一样。就连那天戴着的红领巾，也是特制的布料，丝绸，戴在胸前，被风一吹，飘得像柳条一样。我打大鼓，站在最前排中间，两边儿是两个男生。后边儿是几十人组成的小鼓队，再后边儿是号子手。再在后边儿是排成长龙一样的同学队伍。

"东山公园"就这样在我童年的记忆中打下深刻的烙印。从小时候开始一直到长大成人，已经记不得去过多少次了。但是在那里发生的许多事情每次想起来都是记忆犹新。

一九八五年，我的外甥女刚刚一周岁多一点儿，我这个比她大十四岁的老姨便迫不及待地把她带到了东山公园。在现在的儿童乐园那片土地上,有几个秋千之类的大玩具。和同学一起来玩儿的时候,我看见同学荡过,一条木板,两根铁链,一边坐着,一边用两只手抓住铁链,用力蹬腿,身体就飘了起来。我的同学大部分都能把身体荡起来。我荡不起来,但是,我很羡慕。我想让我外甥女儿感受一下。我选了一个危险性最小的一个像椅子一样的秋千把刚刚会站立的外甥女儿抱了上去,我用手扶着让她在上面荡了一会儿,还好,没有发生什么意外。我把她从椅子上抱下来,放到地上,就是在一转身的功夫,外甥女哇地一声大哭起来。我一惊,看到她的脑门儿红了一大片。是被仍在运动中的椅子背儿撞的。她哭声不止,我吓坏了。一边是心疼,一边是担心回家无法交差。

回家的路上,我抱着她坐在公共汽车的最后一排,她的脑门起了一个圆形的包,她已经不哭了,可我忍不住,从火车站上车到岭上,从岭上到农机学校,再到附件厂,然后就是我们的终点站,高中。我一直都在掉眼泪。心里不停地责怪自己,她连路都走不稳,我为什么要带她去东山公园啊。她刚刚才会走路,要是摔坏了怎么办。

"东山公园"给我的不仅仅是一个游玩儿场所,那里的每一片土地,都印着我成长的足迹,第一次进公园,第一次看狗熊和野猪等等,第一次瞻仰烈士墓,再大一些,第一次带晚辈逛公园,第一次因不会划带桨的船而选择电动船,结果还是把美丽的"大白鹅"误在了不是岸的岸边。再大一些,第一次和异性单独在公园散步,许许多多的第一次,都是在东山公园完成的。

最近几年,每次回老家,都是匆匆忙忙的,根本没有时间去逛公园。对东山公园的亲近,只能是在回忆和梦中了。如今的东山公园,已经今非昔比。我说的"如今"也指的是三五年前的了。

西山是和瓦房店人们的生活紧密相连的一座山。在山的最顶端,有瓦房店电视台的电视信号发源地。包括我的母亲,哥哥,姐姐在内五十万人口每天所看的电视节目,就是从这个山顶接收和输送的。

我和西山的故事诞生于电视塔成立以前。

在上小学的六年中,我不止一次把脚步伸向那里,在没有盘山路的山上,熟练地重复我在乡下练就的爬山本领。

那一次发现纯属偶然。

在一个夏天的黄昏,我也不知怎么转着转着转到了那里。对于我来说,它好像一个天外来客,全身上下披着神秘的面纱,即使是亲眼见到,我也很难想象它究竟是什么。对于这个城市居住的人，它意味着什么。

它座落在西山脚下，以前爬山时从没有注意过。它的建筑主体隐藏在茂密的树木后面，平视的时候，眼睛看到的全是树。在树的顶端，耸立着一个红色的十字架。

一种莫名其妙的激动像电流一样传遍了我的全身。我凝眸注视着，一动不动。我什么也没干，脑子里一片空白。就这样，我在那里站立了有十来分钟，突然，我飞快地转身，朝着回家的路跑去。

第二天，快要放学的时候，我终于忍不住了。我把我憋在心里二十四个小时的话对我一个很佩服的同学说了。放学铃声一响，我在走出教室前抓住了她的手，我要带你去一个地方，现在就去。说着，拉起她就走。

她是我们班的文娱委员。歌儿唱得好，人长得不俗，言语不多，还有一点让我自愧不如的是，她的作文不仅写得好，经常会出现一些我不懂但却知道是好的词儿。

果真是这样，一路上，多余的话她一句也不说。一路上，我不停地想：那个十字架不会消失吧？昨天不会是我的眼睛看花了吧。可别到时候找不到或不见了，我可不想白忙乎这一场。

或许是这一次角度选得好，还没等到跟前我就看到了。其实她也看到了，可我还是控制不住把手伸向空中，没有想到她的表情会那么平淡。就像压根儿什么都没看见的样子。

我多少有些失望。我在班里六十多名同学中选中了她,在我看来,她不像是在这个景观下不激动的人,直到我们穿过树林的遮挡,站在外表装饰陌生的建筑面前。我从没有见过长相那样怪异的楼房。房子的大门紧闭着,透过大门的玻璃窗,可以看到里面有好多人物的画像,中间最醒目的是一个双腿紧闭直立的人,两只胳膊像一只大鸟的翅膀,张开。形状和房顶的十字架一样。

我怀着纳闷的心情围着房子前后转了一圈。没有什么新的发现。但是内心,有一种强烈愿望,走进去,一定要走进去看看。

有一种感觉叫神圣,站在这个神秘而庄严的建筑物面前,我全身的每一根神经都感觉到了那种感觉。

这时我开始用目光探巡我的同伴儿,她的表情由平淡转化为惆怅。她用一种平静的口吻说,我早就知道了。人世间,谁能脱得了红尘。

她后面的话深沉得不得了。她说到了"红尘",又是一个我从没看到听到的生词,红尘,它就像眼前建筑一样深不可测,充满玄机。我想她是懂的,可我不好意思问,只怕煞了眼前的风景。

后来不远的一天,我走进了那扇门,它只有礼拜天才对外开放。在那里,我知道了教堂、上帝、耶酥、圣经。还有祈祷文。至今仍能全文背诵:

我们在天上的父
愿人都尊你的名为圣
愿你的国降临
愿你的旨意行在地上如同行在天上
……

许多年以前，沙河也是瓦房店一个著名的旅游景点。这条南北走向的大河曾经被勤劳的妇女当作不用交钱的自来水使用。加上河流两旁郁郁葱葱的树林，在夏天，为人们提供了一个洗浴纳凉、洗衣、野餐兼顾的好去处。这里还是情侣们约会的好场所。

我姐姐我哥哥都曾被别人带或者是带别人去过那里。过程和结果怎样，我这个和她们不是同时代出生的人是不敢问的。

我是在我们家搬到岭下高中以后去的那里。小学毕业那一年暑假，约了几个同学，就去了。

有男生，还有女生。一到沙河，我们就开始跑到河里捉鱼，身边几个比我矮半个多头的孩子在河里洗澡，打水仗。搅得我们鱼都捉不成。后来我们又跑到上游去捉。

男生的捉鱼技术普遍比女生高，他们不仅能捉到鱼，还能抓到虾呀，小蟹子的。男生们抓到了就放到女生事先准备好的罐头瓶子里，供女生们欣赏和炫耀，供他们自己自豪和骄傲。

其中有一个男同学在班里是出了名的捣蛋鬼，平时老师把他交给我管理。那天一起抓鱼的还有班里几个学习特别好的学生。捉鱼捉累了的时候，我们就跑到岸上的树林里荫凉地聊天儿。

大部分的话说过就忘了。有一句话我一辈子也不能忘，我说，我将来一定要考上重点高中，假如考不上，我就自杀。其他的几个同学都在默不作声地听着，也可能是想着自己的未来，要干点什么。

我说这句话是有根据的，小学毕业我以语文满分数学九十九点九的成绩名列全镇第二。况且我家又住在重点高中对面，刚搬家的那天父亲就对我说出了他的期望。现在上学是远点，可是，等你考进重点高中，出门几步便是了。

没有想到他会反驳。而且口气十分肯定。他说，你考不上。我说，我能。他说，不是因为你脑子不够用。我说，那是为什么。他就不再往下说了，他不说我也知道他是什么意思。我的那个捣蛋鬼同学其实是很聪明的，尤其是他的作文，也是经常会冒出一些我从没见过的生词，在这方面，我从心里挺尊重他的。

那一天，天气特别晴朗，沙河的水也特别的清澈，但是我因为这个同学的那个否定的话弄得心里很不愉快，好像心头压了个大石板一样。

回去的时候，我们坐公共汽车，我的另一个女同学由于车的颠簸不小心把我手中的罐头瓶撞翻了,水洒了一地,鱼也一条不剩的都在地上丧了命。我不好说什么,但是,我从我同学的脸上看到了我自己的表情。

刚一到站,我就急匆匆地下了车,就像逃一样,逃出了那仿佛预言一样锁定了我未来的话语。

事实证明,我既没有考上重点高中,也没有死去。沙河的预言和沙河的誓言就像如今那里消失多年的流水,在空气中蒸发了。

以后,我又去过许多次沙河。最后一次是在二〇〇二年,我用我刚刚考取的驾驶证在树林旁的空道上留下了车轮的足迹,在我的照相机中将沙河和我合二为一。那片树林的确很美,美得在友人眼中不像是瓦房店的景观了。

那的确不是沙河,因为没有水了。那确实是沙河,它的流水曾经让我眩晕。

这就是我在九岁走进去就再也没有离开过的瓦房店。诚然,我的身体已与他分离了几十年之久,并且还在延长,但是,每次想起它,三新店,人民电影院,西山,沙河,那点点滴滴的往事,就会象潮水一样,一浪高过一浪,漫过记忆的沙滩。

和你在一起

*

二〇〇四年七月十二日二十一点〇二分,你降临到这个世界上,从怀孕开始直到你出生经历了九个月,从秋到冬,从春到夏,从凌晨觉警到夜晚的出世,尤其是最后几个小时里,疼痛,无法形容和描述的疼痛,极限的疼痛,在见到你的那一刻,全部化解了,释然了。躺在手术台上,我能感觉到微笑是怎样一点点弥漫了我的脸,一颗漂泊了三十三年的心一下子踏实了。

你的小名叫禾禾,这是姥姥起的。出生时体重3650克,身体健康。

初为人母的,是喜悦的,忙碌的,充实的,从没有过的许多种感觉融和在一起,我把自己的全部身心投入进去,爱你,爱你,再爱你。

2004年9月22日

刚刚把你放下,赶忙去洗尿布,正洗着,耳边又传来你断断续续的哭声,咿咿呀呀的,你总是这样,我知道你并不是真的在哭,只是想让我抱你。

你每天都这样闹人,无数次。我放下手中刚刚打了肥皂的尿布,一边用毛巾擦手一边喊着你的名字来到你的床边,你看见我,你用噙满泪珠的眼睛看着我,不哭了。你蹬着小腿,在等待着,我也在等。过了一会儿,你见我没什么举动,便又开始故伎重演,但声音明显比上一次小了,你一边咿咿呀呀一边看我的表情。你这个小东西,刚刚七十三天,刚刚能把脖子竖起来,你就不愿意躺着,抱还得竖着抱。你这个小东西,其实你并不真的想哭,可你却做出哭的样子,你知道妈妈一定会过来抱你。在我们母子的相处中,你处处都占上风,你要吃奶,妈妈拗不过你,你要边吃边拉,妈妈也只能顺着,妈妈注定要成为你这个不懂事的小家伙的手下败将。

还是抱起了你。你在我的怀里很快变得无比安静。好像刚才的不顺心不是发生在你身上一样。好像什么也没发生一样。人常说:五月天,孩儿面,说变就变。在你身上我彻底体会了这一点。

(你又哭了。文字被迫终止,我急忙跑过去。不是你在哭,你还在睡。是我听错了。我刚刚悬起的心又放下了。你睡觉

时的样子特别可爱,两只手向上搭着,就像投降似的。还好,今天你没有蹬被子。)

你闹的时候妈妈希望你睡一会儿,可你睡了妈妈又挺想你的。就像每天晚上,妈妈哄睡了你,躺在床上,腰酸背疼,可还是忍不住起身,一次次,趴到你的小床边,看你。只有在那一刻,妈妈才能完完全全地享受你带给妈妈身心上的疲惫还有稍事休息之后的渴望。渴望你再一次的需要。

从你出世到现在,光是用来洗你尿布的肥皂就有七八块了。每天你都会生产出十条以上的尿布,这几天好点,因为你的配合,让我把着你把大小便拉在地上,尿布少了许多。每次在把完了你大小便以后我有一种成就感,很想等到你爸爸回来看一看。可惜他上班,我不能把屎啊尿啊晾在地上。为你收拾屎尿,竟然都是一种幸福。

我猜测你快醒了。从昨晚到今天你特别闹。总是让抱着,有时抱着也还是闹。你都十六斤了,抱你,长时间的抱你有时累得都想哭。为了你不哭。

2004年7月23日

傍晚时分你在妈妈的怀里睡了,刚睡着电话铃就响了,妈妈猜测可能是你二姨打来的,妈妈很想接这个电话,又怕吵着你,带着矛盾的心情抱着你去接了。果然是你二姨,你睁开眼，又闭上了。妈妈悬着的心放下了。

从你姥爷去世后，妈妈不想依靠任何人，包括你姥姥，他们为我付出让我有一种负罪感，很奇怪。但这是真的。

放下电话，妈妈又去床边放你。十几分钟前你要吃，妈妈没有给你吃，怕把你的小胃口撑坏。可是看着没有吃就睡了的你，又很心疼。这就是妈妈爱你的心。你能理解吗。你做不了妈妈，你不会理解的。妈妈不会怪你。因为妈妈就经常不理解姥姥。到了现在，也依然不能说是完全理解。

你在床上睡了。妈妈关上窗户。

最近几天，你比前一段时间闹。一抱起来就不让放下，睡觉不也如前些天，要放好几次才行。因为劳累，妈妈的腰又开始像一个月以前那样疼，每弯一次腰都疼，坐着时好像有什么东西顶在尾骨上。

中午和你爸爸推着车带着你到门诊部看了看，医生说妈妈这腰疼已经坐下了病根儿，以后累了就会犯。

妈妈一边庆幸不是骨头坏了，不会影响看你，一边在心里叹息。妈妈这一辈子都要带着这种病了。就像许多生过孩子的女人那样，月子里坐下的病，到老会越来越厉害。

医生给开了两袋止痛的膏药。

因为给你喂奶，妈妈只能用这个，口服的药大部分不能用。

妈妈开始继续手中的文字，没过多长时间，你又在叫，我的小祖宗，你怎么就不能安心睡呢。我一边在心里责怪你一边走过去看你，你尿了。你不想在床上躺着。

给你换了一块儿干尿布，抱着你到阳台，看到隔壁的小帅帅，你以后会认识他的。妈妈刚住到这房间里时他就像你这么大，现在已经会走路了，会说话了。他坐在他妈妈的摩托车上。看见我眼珠就盯着不动。我想他是在看你吧。我想再过两年我的小禾禾也会和他一样，妈妈盼着那一天。

你在我怀里躺着，老老实实的，估计你还是想睡，过了一会儿，你果然睡了。我再次把你放下，妈妈的腰疼死了。但愿这一次会成功。还好，你没有立即醒来，妈妈长出一口气。妈妈累了的时候放完你总是这样。有种如释重负的感觉，你不会怪妈妈吧。妈妈太累了，妈妈在心里呼唤妈妈。

刚打了十几个字，你又开始叫，你又尿了。估计妈妈今天就只能写到这了。

2004 年 7 月 24 日

今天阴天。

昨晚你睡得很好。没有蹬被子。从十点钟开始一直睡到一点半，醒了吃了奶就又睡了，你的尿真多，纸尿裤全湿了。有时刚刚换上，你便拉了，昨天就这样，一忽儿的功夫，四块钱全费在你的屁股上，全被你拉掉了。要知道你爸爸连件外套也不舍得买，现在我们除了日常的吃用之外，全部的收入都用在你身上。没有什么怨言。这就是做父母的。不求你回报，只求你健康。

这一觉睡得时间不长，三点多钟你又醒了，妈妈的腰依然疼得很厉害，只好把你搬到身边，这样就可以躺着喂你了。就不用忍受腰疼的折磨了。

（你又醒了，没有哭声，看来你今天心情不错。莫非你知道妈妈腰疼，从昨晚到现在表现得都不错。我的小乖乖。）

2004 年 7 月 25 日

你今天表现真的不错，我把你尿，你尿了。尿完开始吃，眼睛时睁时闭迷迷糊糊的。吃了十几分钟，你开始翻动身子，凭我的经验，你要拉了。我把你，你蹬腿，不干，我调整了一下姿势，觉得你应该很舒服了，你还是不干。昨天就是这样，以为你不拉了，结果我的裤子就遭了殃。今天吸取了昨天的教训，坚持了一下，地上就绽开了一朵大黄花，浅浅淡淡的，张牙舞爪的，美丽极了。很痛快吧。还想再等你尿一泡，凭我的经验，每次大便的结束曲应该是有一泡尿的，百分之九十九不会错，可你坚决不干了。

到床上吧。

你还是没有哭,一边嘴里咿咿呀呀的说着"外语",一边用目光追寻着我,我到床的右边你的脑袋就转到右边,我到左边,你又跟到左边,我想溜走的念头被你彻底打消了。妈妈吃个苹果吧。

今天中午我还庆幸尿布少呢,可是中午你到底还是不甘心,又给增加了两件,不,是三件,还有刚换上去的雪白雪白的裤子,这不全怪你,怪我们吃饭时没有看你,听到你在那屋闹还以为你瞎叫,就没太理你,也就三五分钟的时间,看看吧我的乖乖,屁股上垫子上,裤子上,褥单上,全是。

(你又出声了,妈妈又写不成了。)

2004年9月25日

今天你爸爸走得比平时早一些,因为他要去狼牙山,要明天晚上才回来。自从有你以后,妈妈原本并不多的外出机会因为你都必须要放弃了。和你在一起,有另一种快乐。这是第一个没有你爸爸陪伴的白天和夜晚,他最担心的是我的吃饭问题还有腰疼,没有办法,单位那边的旅游是他组织的。试试看吧。

爸爸走时你在睡梦中,妈妈模糊中听到他开柜子,虽然声音很轻可我还是听到了,昨天晚上他的呼噜声出奇的响,我睡不着,担心他把你吵醒了。你呼吸均匀,上下眼皮自然合上。看来你的抗干扰能力比妈妈强多了。你爸这个人，平时行动声音大，睡觉也不安静。想也许是白天太累了，平时没这么响的。

八点多钟，你醒来，闭着眼睛，张着小嘴，头转来转去，是在找吃的。给你了，你还不老实，吃一会儿停下来，嘴里还不时地出着怪声。是要拉吧。起身把你的纸尿裤打开，沉甸甸的，全是尿，屁股下面有一点点屎印儿，把你，你没有反抗，乖乖，从你的屁股下直喷出来，落在瓷砖儿地上，大的有巴掌那么大，小的也有你拳头那么大，像菊花，真的很像。你笑了，无声地把眼睛笑成了月牙儿，很舒服吧。

给你清理好屁股，换了块干净的尿布，换了条新买的保暖裤，粉色的，一切收拾妥当，你又开始打勾的，想用奶给你压压，吃了几口，勾的没了，你又不干了，开始咳嗽，并且还吐了，你都撑成什么样儿了，还要吃。别吃了，抱抱你吧。刚抱起来，没过几分钟，扑拉一声，妈妈的胳膊上，肚子上，被子上，床单上都是，屎顺着你的屁股，洒了一溜。这朵菊花画砸了。你的小裤子，尿巾竟然一滴也没有沾上。还是挺庆幸的。不错。你做了坏事，还有脸儿笑。反正是不吃了。我开始收拾。不过这衣服也穿了两三天了，就等你这一拉，就可以洗了。

上午你最乖了，不用抱，拉完了，尿完了，吃完了，你自己玩儿，玩儿一会儿自己就睡了。大大的床上小小的你，睡得和床一样安静。妈妈一边忙着收拾屋子一边忍不住看你，妈妈的心里有说不出的甜蜜。腰疼还在持续，止痛膏的作用基本上是没什么大作用，但还是比不贴强。妈妈一边干活儿一边想妈妈这腰要是总这样可怎么办，妈妈要是病倒了可怎么办。

热了点豆浆吃了块蛋糕就到中午了，不知你爸爸吩咐的饭何时送来，会不会送？你十一点醒来便不上床了。看来中午的饭妈妈只好向后推迟了。十二点半，门铃响，饭来了，大虾，炒土豆丝，米饭。你不让吃。我抱你一会儿吃一会儿，断断续续狼吞虎咽把这顿饭吃了。还剩一大口就要吃完了，你哇地哭了，脸胀得通红，这一次你是动真格儿的了。又要吃，吃了不长时间就睡了。我把剩下的饭吃完，烧水、拖地，拿你的车。下午我们出去。

这一觉你睡了将近两个小时，睡得我都有些待不住了。

2004年9月28日

凌晨醒来，你的脸被新买的白毛巾盖住了。又是一场虚惊。真不知道妈妈要是没发现会是什么结果。

你会翻身了。向左。其实你刚生下不到十天就会翻身了，只不过后来你又忘了。那时你翻身是为了找吃的，现在，你再也不那样儿了，饿了就张着嘴，叫着，等着。有时送到你嘴边你都不去咬，还得把它放到你嘴里。你真是个坏小子。

今天中午抱你下楼，楼下的奶奶抱了抱你，说，上岁数的人看不了你，太重了。对门的阿姨下班，看到你，接过去抱了抱，说，爸爸抱你出去，觉得你长得像妈妈，妈妈抱你，又觉得你像爸爸。你到底像谁，你爸爸说像他小时候。我觉得我们都没有发言权。你奶奶有，可惜她不在了。你姥姥也有，她至今没有见过你。我们都希望你像自己。那个阿姨抱了没多久，就说抱不动了。有点言过其实，不过你确实很重。不过又不是和人家有什么关系，谁愿意受这份累呢。何况人家还要赶着回家吃饭呢。妈妈抱。

今天从中午到晚上，你没有拉。从你出生到现在第一次。

2004 年 9 月 30 日

今天下雨。

你吃完了奶，我把你放在沙发上，开始准备吃饭。刚吃了一半，就听到身后"扑拉"一声，我的乖乖，又拉了，幸亏我在下面垫了尿布。用桌上餐巾纸擦屁股吧，擦完屁股就把它放进空餐盒，挺好玩儿的吧。清理好你的屁股，把剩下的饭菜吃完，还有一些留晚上吧。你开始闹，哄你，你很快就睡了，把你放到床上。刚把电脑打开，你醒了。又哄你，你又睡了,又把你放到床上,开始打字,没打上十个字,你又醒了,这一次坚决不睡了。吃吧,刚吃了几口,就听见水打床单的声音,继续吃,边吃边搅动身体,不会是又要拉吧,试试看吧,结果,不出所料,"扑拉"一声,地上洒下了一片金黄色,你咧开嘴,露出了舒服的笑容。今天下午你可真够折腾的,足足一个半小时,连续不断,妈妈的神经被你折腾得都要断了。吃也吃了,拉也拉了,吐也吐了,衣服裤子换了两套,一下午,你总得睡点吧。让妈妈哪怕是写上个三五百字也行。

你笑了,我觉得是那种有声音的笑,我正想仔细听听,你又开始打那讨厌的勾的,脸色一下子转阴了。吃点奶压压吧,抱你坐到沙发上,吃着吃着,你睡了。根据推算,这回你应该能睡上一会儿了。走出你房间的门,长出一口气。到电脑旁坐下,又开始写和你有关的文字,大约十几分钟,门响了,然后是门铃,怕惊着你,急忙去开门,果然是你爸爸,他到屋,刚坐下,衣服还没换,你又哇哇地叫了。你太不配合了。不过,有你爸爸,妈妈可以不用动了。

明天就是国庆节,你是不是还要这么闹。

窗外的雨还在下,一场秋雨一场寒。不过你不用担心,有爸爸妈妈在,冻不着你的。

你爸爸把伞丢了。他又拿回来一把,还是天堂伞。

2004年10月1日

今天气温下降了十几度，在屋子里便可以感受到窗外的寒意，风很大，好像冬天提前来临了一般。你爸爸早晨突发奇想，出去买早点，并且只穿了一件衬衫，回来全身都带着寒气。妈妈昨晚去操场已经提前领教了，一天没有出屋。不过今天阳光很好。这是从你出生以来最冷的一天。

上午给你姥姥电话，猜测照片她们已经收到了。妈妈迫不急待地想知道你给她们的印象如何。电话经过了两个人才转到你姥姥的手里，姥姥先是笑，紧接着，笑音没落，你姥姥就说"太丑了"！这真是大大出乎妈妈的意料，我怀疑是不是我的耳朵出了问题，紧接着又问了一句，真的么。姥姥又笑。妈妈也止不住跟着笑。不可能吧，我就觉得你好看，好看得不得了。

晚上一直没抽出时间给你舅舅打电话，心里正想着，你舅舅的电话就来了。不知是舅舅会说话还是怎么，舅舅说的竟是妈妈愿意听的，什么你将来能做大官呀，什么想你想得想让你早点回去呀，什么妈妈爸爸都瘦了要注意身体啊。就是没提你长相的事。最后妈妈忍不住问了，舅舅说得和妈妈想得一样，男孩子要那么俊干吗，我小时候就不好看，现在怎么样。呵呵，我想你就是再不好看也比你舅舅强，舅舅说那当然了。

关于你的长相，在姥姥家引起的反响暂时就这么多。不过，妈妈寄照片的心意达到了，今天晚上你的照片在姥姥家的饭桌上为她们增添了许多节日的喜庆，这就够了。妈妈希望你长大了也能做一个孝顺的儿子。

姥姥还说妈妈虽然瘦了，但是，看得出脸上的表情很幸福。

我们现在是一个完整的三口之家。

已经十一点半了，明天还要请客，为了庆祝你的到来，妈妈要休息了。后半夜还有你为妈妈准备的功课要上，不能太晚了。

2004 年 10 月 2 日

中午在"石头源"吃饭，除了妈妈的朋友之外，都是你爸的朋友。收了两百多条纸尿裤，还有一个带音乐的玩具。

你今天表现特别好，一个人待在小车里，不哭也不闹，而且特别精神。大家都夸你，还没过百天，精神头儿就这么足，将来一定是个了不起的人物。妈妈爸爸听了，心里就像吃了蜜一样甜，有种说不出的自豪。

2004 年 10 月 3 日

今天你爸值班,下午妈妈推着车带你去了趟你爸的单位。这是你第一次坐自己的小车走的最远的路,也是第一次去爸爸单位。他们单位冷冷清清的,没什么意思,在院子里转了两圈你爸爸抱了你一会儿,我们就返回了。你爸爸好像有点失望,他说他想让他的领导看看你,结果没遇着。妈妈也觉得此行单调了些。整个大院空荡荡的,人们都去欢度国庆了。

2004年10月4日

今天原打算去你爷爷家,正在等你爸爸找的车来接我们的时候出现了新情况,妈妈要去和一个外地来的人谈点事情,有关于我们一家人如何"致富"的事,也是妈妈对自己未来发展的一个初步打算。妈妈已经不再年轻了,必须要筹划着做点事情。为了我们早日过上完美的生活,为了你将来。妈妈的心跃跃欲试。你是妈妈力量的源泉,推动妈妈向前进。你爸爸表现得不是很积极,他还是希望我找一个稳定的工作,但却没有十分的把握。妈妈心里清楚,他是怕妈妈做赔本买卖。妈妈也不是没有这方面担心,但是从长远打算,这是一个机会。要想做事,就要承担风险。妈妈想试试。

2004年10月5日

今天下午我们去了爷爷家。爷爷见到你特别高兴。早早地就备好了水果,还特地给你铺好了床。这是我们全家三口第三次到爷爷家。傍晚姑姑一家三口也来了,四岁的镇撼哥哥见到你特别兴奋,不停地围着你转。你是全家的中心,众星捧月似的。

晚上妈妈和你住一屋,爸爸在爷爷的房里睡。爷爷家的房子特别大,将来会是你游戏奔跑的好场所。

2004年10月6日

今天中午爸爸建议我去逛逛附近的商店,爷爷主动提出来要看你。妈妈有些犹豫,担心你会哭闹,但在爷爷和爸爸的怂恿下还是没抵挡住逛商店的诱惑。看着你躺在床上玩得开心的样子,妈妈和爸爸怀着既兴奋又忐忑的心情去了。这是爸爸妈妈从你出生以后第一次携手逛街,虽然只有一个小时,也足以让我们激动。想想过去有那么多时间,却从来没有过这种感觉,过去我们太不珍惜了。

我们只逛了商店的一层,走马观花的似的,不过不虚此行,爸爸掏钱给妈妈买了一双鞋,又给爷爷买了一盆绿色植物。然后就匆匆地头也不回去往回赶,生怕你哭,那可真是归心似箭。

谢天谢地,你没有哭,不过这一个小时你把爷爷累坏了,非得抱着,爷爷见到我们不停地感慨,带孩子真不容易。妈妈听了心里有种说不出的感动。

晚上姑夫开车把我们送回来。你爸爸把钥匙丢了,都是因为你。不过后来找到了。今天坐车时你表现不太好,头一次。到了家,放到你的小床上,你自己玩了好一阵子,你是不是也觉得自己家最好。

2004 年 10 月 7 日

今天是国庆黄金周的最后一天。不过对于妈妈来说没有什么实际意义。自从有了你,妈妈就再也没有轻松过一天。

晚上你爸爸被朋友叫出去吃饭了。

或许是从六点到八点半那阵子你闹得太狠了,累的缘故吧,你爸爸走后一个小时你就睡了。紧张的劳动算是结束了。明天又是新的一天。

宝贝,求求你了,别再像今晚这样连续不断没有原因的哭闹,闹得妈妈都有些支撑不住了,精神都有点要崩溃了,都有点想不管你了。

这是第一次你在妈妈的看护中哭得这么厉害,连心疼的力气都没有了。只有在那个劲儿缓过来之后,才开始动心。看着你重又露出笑容,妈妈不知道该不该欢心,更多的是心有余悸的紧张。

2004年10月17日

今天去"三八"服务公司，给你找了个阿姨。河南人，脸很黑，看上去有五十来岁，可实际年龄只有四十岁。在所有的应聘者当中，她的穿戴最差，上身穿着一件绿色的马裤呢上衣，质地和款式都老得不能再老。妈妈出于同情才选中了她。最初还以为她会很高兴，没想到她不愿意侍候小孩儿。其他的几个也都是这个原因，有一个年龄和妈妈一般大的，人也蛮精明利落，不过她要的价钱太高，最后目标就定在了这个阿姨身上，好说歹说经过了一番折腾才谈妥了。每月五百元的工资，对于爸爸妈妈来说，这个价格是很昂贵的，但是没办法，在市场上，已经不可能再低了。

妈妈太累了，三个月中除了你睡觉之外，妈妈没有休息过。从体力到精力，都有透支的感觉。把阿姨带回家是中午，整个下午，妈妈都很高兴，沉浸在放松的喜悦当中。

回到家以后，妈妈把自己穿过的一件纯毛毛衫找给那个阿姨穿，一方面是出于帮助她，另一方面是为你想，她的那件衣服面料太硬，妈妈怕你趴在她身上不舒服。

2004年10月19日

今天妈妈和阿姨带你去医院检查身体。你的体重占了同龄人之最，九点三公斤，身长六十六厘米。

检查血常规和微量元素时你挨了两针,本来一针就可以了,都是因为医生不负责任。你比别的孩子表现得好,扎的时候都没有哭,抽血时哭了两声,一哄就没事了。妈妈心疼的同时,也得意得不行。

微量元素的结果要十天以后才知道,其他的都很正常。全家都放心了。

2004 年 10 月 20 日

今天是你的"百天儿",也就是说你生下来已经整整一百天了。

你从凌晨一点就开始闹,一直到七点。每隔一个小时醒一次,醒来就哭闹,给你吃不行,只能好一会儿,给你换了干净的纸尿裤,还是不行,抱着你横竖都不行。这一次,妈妈真是烦了,从你出生到现在第一次这么烦。妈妈又困又累,妈妈呵斥了你,只有一声,你哇地一声不干了,样子委屈得不行。

阿姨把你抱出去。妈妈趁机去了趟医院。妈妈怀疑你有了小弟弟。这对妈妈可不是件幸事,不仅不是幸事而是最大的不幸。十几天了,妈妈的心里都蒙着厚厚的阴影。和去年怀你时的感觉有着天壤之别。

回来之后,给你照相的人来了。刚开始你表现得很不错,穿小老虎的衣服，向阳花的衣服，小蜜蜂的衣服，你都很配合，等穿到印度王子服时你怎么也不干了。只好暂停住。你穿着王子服睡着了，虽然很好看，可是那衣服料子不是纯棉的，你舒服吗？我的宝贝。

醒来时你表情平和，不像是不高兴的样子。照上相可就不行了，不停地打哈欠，吃手，身子怎么也摆弄不直。脸总是四十五度角。引导师累得满头汗，摄影师举着相机像是个道具，摆布景的胖叔叔把你的玩具都拆了，拿出一部分小音乐盒，你还是不配合。无奈之下，妈妈也担当起了一回引导师，可是效果也不明显。后来的两组照片拍的不尽如人意，最后大海的那一组你哭了，只好这样了。

宝贝，妈妈知道你很辛苦，很烦，为了百天儿留下一个纪念，我们都经历了一场不平常的折腾。不知道照出来的效果会怎样，你是个男孩子，可能将来会报以不屑的一瞥。让我们拭目以待吧。顺便告诉你一个好消息，妈妈没有给你拍全裸照，考虑到你将来的面子，妈妈思索再三，放弃了。

再告诉你一个好消息，妈妈担心的小弟弟要来的事情被彻底排除了。

其实小弟弟是永远不会在现实中存在的。即使是要来，也注定要让他消失，他没有你幸运，因为你来得正是时候。

整理翻看这些文章,眼前依次闪现出和这些文章相关的白天和黑夜,痛苦和欢乐,沉醉和清醒,迷茫和困惑。最强烈的感受是惭愧。

 postscript 后记

我想我是那么喜欢文学,从小到现在。

留一半清醒留一半醉

*

好久没有写文章了,我指的是那种和自己心灵息息相通的文章,后记也算是,更是。憋了好久,我期待往日创作时那种冲动,那种忽然降临的灵感,但越是想,就越是什么都没有。但是必须要写了,就在这个冬日的周末,我乘坐二十分钟的高铁,把自己送到了一个没有人的房间。就那么呆呆地坐着,没着没落地遛了有半个多小时,才打开了电脑。

书中选取的这些文章都是二〇〇四年以前的旧作,最早的一篇是一九九三年,当时发表在《北京文学》上面,题目叫"结局和开始"。离现在时间最近的是二〇〇四年写的"和你在一起",也是书中仅有的一篇和儿子有关的文章,里面记录着他出生后的点点滴滴,止于一百天。从那以后,就再也没有写过书中发表的这样的文章了。

整理翻看这些文章,眼前依次闪现出和这些文章相关的白天和黑夜，痛苦和欢乐，沉醉和清醒，迷茫和困惑。最强烈的感受是惭愧。我想我是那么喜欢文学，从小到现在。只说两件事情，还在念初中的时候，一次过年，爸爸给我钱叫我自己去买新衣服，结果我却一头扎进了商场旁边的书店。最后衣服没买成，却抱回了一大摞书。一九八七年父亲去世，留下几千块钱给我作为嫁妆，母亲当时的工资不足一百。而我要去文学院读书，母亲很为难，尽管父亲留给她的钱不多，但即使这样，她要靠她的收入再给我攒出这笔钱来依然有难度。我当时没有考虑地跟她说，我的嫁妆不要了，还是用这笔钱供我上学吧。那两年半在沈阳念书，吃得不好穿得也不好，但是好的也是没有什么东西可以取代的。

半生过去，我能够拿出来给大家展示的只有两本书。眼前这一本，另外一本是一个十二万字的小长篇。河南文艺出版社出版的《民国时期的爱情》。一个完全虚构的爱情故事。再让我自豪一下，那本书我用了一个月的时间，手写二十五万字。写完了改改完了再抄。

有人说，文学是给痛苦的人铺设的一条逃走的路。在北京，更多的时间，我是不快乐的。我喝了很多杯子以外的酒。既然如此，为什么没有把我热爱的这条路走得更坚实一些更光鲜一些。为什么没有给自己积累一些更多的文章。刚来的时候有，刚到北京的时候，我写了很多文章，即使是在上卫生间的时候,都有灵感迸发出来。如"养花""生日前后""断歌""走过世界杯""致友人"等等。

到了二〇〇三年,是偶尔有。到了二〇〇四年,就彻底地告别了。我开始分析痛苦,我想痛苦分为两种,一种是有质量的,一种是没有质量的。有质量的痛苦会让你产生优质的作品,而没有质量的痛苦就是毫无意义地在吞噬消磨你的精神和时间。这是为自己开脱的理由吗?看在我那么热爱它的份上,接受吧。时间并没有到此停止,只要心脏在跳动,血还在流动,我就依然可以追寻、追赶、追求。

可以聊以自慰的是,我终于在人将要到中年的时候找到了一个可以放置心灵的工作。我的所谓的精神在工作中找到了归属。不管个人生活中遇到什么样的不愉快,只要一走进工作的地方,头脑和心灵立刻就净化了,就安然了,就超脱了。

一路走来,坎坷艰辛自知。值得庆幸的是,在北京我结识了很多值得尊重和学习的师长。有的是用一生去感念的人。还有好朋友,我愿意好好地珍惜和守护,去祝福。

特别感谢李滨声先生,给我的书绘图。周大新老师和张亚丽总编辑,给我的书写下了荐语。还有连续三年获得中国图书最美封面奖的美编刘运来先生给这本书做的装帧设计。

2018 年元月后第一个周末于廊坊